LE

VOYAGE

DES

SŒURS

Inès DELAJOIE

LE VOYAGE DES SŒURS

Roman

Le Couvent des Cyprès -7-

© 2025 Inès DELAJOIE

Édition : BoD · Books on Demand, 31 avenue Saint-Rémy, 57600 Forbach, bod@bod.fr
Impression : Libri Plureos GmbH, Friedensallee 273, 22763 Hamburg (Allemagne)

ISBN : 978-2-3225-3560-6
Dépôt légal : Décembre 2024

Tous droits réservés pour tous pays. Ecrit sans IA

Couverture : Photo internet libre de droit pexels-pixabay

AUTRES LIVRES DE L'AUTEURE

Chaque livre de la série **Le Couvent des Cyprès** peut être lu **séparément** même si les tomes suivent une chronologie.

Les Chemins de Mérincourt, *roman, BoD 2018.*
- Le Couvent des Cyprès I -

Les Glycines de Fourvière*, roman, BoD 2019.*
- Le Couvent des Cyprès II -

Le Temps d'Exister*, roman, BoD 2020.*
- Le Couvent des Cyprès III -

Traversée sous la Lumière*, roman, BoD 2024, Amazon 2022. - Le Couvent des Cyprès IV -*

Le Journal de sœur Aymy*, roman, BoD 2024, Amazon 2023. - Le Couvent des Cyprès V -*

L'Inespéré est toujours certain*, roman, BoD 2024*
- Le Couvent des Cyprès VI -

La coccinelle de Jahan*, nouvelle, Nouvelle Cité 2022.*

Élisabeth LESEUR, *Une âme pour élever le monde, Nouvelle Cité 2024. (Biographie spirituelle)*

Tous les livres sont disponibles dans toutes les librairies sur demande ou sur tous sites internet de ventes aussi bien en livre broché *qu'en* ebook pour liseuse.

Les tomes V et VI (Le Journal de sœur Aymy *et* L'Inespéré est toujours certain) *sont en caractères bien visibles permettant une lecture facile pour les personnes ayant besoin d'une lecture aérée sur papier blanc.*

Un ami, c'est celui qui devine toujours quand on a besoin de lui.

Jules RENARD

Notre temps a besoin d'êtres qui soient comme des arbres, lourds d'une paix silencieuse qui s'enracine à la fois en pleine terre et en plein ciel.

Olivier CLÉMENT

Prologue

Le Couvent des Cyprès est une série de romans d'intrigues et d'aventures au cœur d'une communauté chrétienne féminine. Chaque livre peut se lire séparément ou dans l'ordre chronologique à partir du tome que vous souhaitez. Voici les lieux et personnages fictifs que vous retrouverez dans ce livre :

Mérincourt : Ville et lieu d'origine de la communauté *« Le Couvent des Cyprès »,* comportant une vingtaine de sœurs apostoliques (travaillant à l'extérieur dans leur métier personnel) où débute l'histoire dans le livre *« Les chemins de Mérincourt ».*

Aymy, septuagénaire, ancienne responsable de la maison de Mérincourt (sous le nom de sœur Raymonde) est ensuite chargée de la nouvelle fondation **Les Glycines**, située à **Lyon**. Le Couvent des Cyprès a essaimé pour y fonder une école primaire à deux classes sur la colline de Fourvière.

Sophie, trentenaire, en est la directrice et s'occupe de la classe des petits.

Colombe, quadragénaire, exerçait le métier de traductrice au service import-export de l'entreprise de que nous allons vivre: un parcours tellement singulier et unique, si loin de notre vie à Lyon !

Qui plus est, cet écrit profitera à nos sœurs de notre maison de Mérincourt car, cette fois-ci, aucune d'elles ne sera à nos côtés au cinéma. Cela leur évitera un trop long trajet. Nous les retrouverons prochainement avec joie dans d'autres lieux. Notre producteur et fin organisateur, ménage ses troupes et a réparti au mieux ses « actrices du quotidien » (puisque ce qu'il a filmé à Lyon et Mérincourt n'est autre que notre vie ordinaire) selon les localisations géographiques[1]. Nos deux doyennes, Agathe et Lucie, tiennent des chroniques régulières de la vie au Couvent des Cyprès avec talent et, je l'imagine, elles seront ravies de nous lire !

D'ailleurs, j'aimerais que notre plume ne reflète pas seulement des traces factuelles de notre périple mais révèle ce que chacune éprouve. L'important se vit au plus profond du cœur. Ces aventures « d'avant-premières » dans nos vies ordinaires de sœurs apostoliques s'étendront sur tout le mois de février. Chacune pourra inscrire sur ce beau cahier cartonné orangé au papier épais et immaculé (beau choix d'Albane), ses impressions personnelles au fil des destinations.

J'essaie d'employer ma plus belle écriture pour inaugurer cette première page blanche ! Pourtant, assise

---

[1] Voir le roman : Traversée sous la Lumière

Prologue

Le Couvent des Cyprès est une série de romans d'intrigues et d'aventures au cœur d'une communauté chrétienne féminine. Chaque livre peut se lire séparément ou dans l'ordre chronologique à partir du tome que vous souhaitez. Voici les lieux et personnages fictifs que vous retrouverez dans ce livre :

Mérincourt : Ville et lieu d'origine de la communauté *« Le Couvent des Cyprès »,* comportant une vingtaine de sœurs apostoliques (travaillant à l'extérieur dans leur métier personnel) où débute l'histoire dans le livre *« Les chemins de Mérincourt ».*

Aymy, septuagénaire, ancienne responsable de la maison de Mérincourt (sous le nom de sœur Raymonde) est ensuite chargée de la nouvelle fondation **Les Glycines***,* située à **Lyon**. Le Couvent des Cyprès a essaimé pour y fonder une école primaire à deux classes sur la colline de Fourvière.

Sophie, trentenaire, en est la directrice et s'occupe de la classe des petits.

Colombe, quadragénaire*,* exerçait le métier de traductrice au service import-export de l'entreprise de parfums familiale et parisienne. Elle se réoriente dans le métier de libraire à Lyon.

Roseline, du même âge que sœur Aymy, fabrique de manière artisanale des produits d'hygiène dans la maison des Glycines.

Trois autres jeunes sœurs, venues de Mérincourt pour la nouvelle fondation de Lyon, complètent la communauté :

Lydie est aide-soignante dans un hôpital en services de médecine et de gériatrie dans lesquels ***Isabelle*** travaille également comme infirmière.

Albane exerce en tant que professeure dans une école d'architecture d'intérieur à Lyon.

Anaïs, Christine et Servane, qui habitent à la maison de Mérincourt, apparaîtront dans ce roman.

Chapitre I

Aymy

Lyon, hall de la gare de Part-Dieu, 2 février.

Départ imminent… !

Actuellement responsable de notre maison des Glycines sur la colline de Fourvière à Lyon, j'ai proposé à mes sœurs de communauté un projet : tenir un carnet de voyage lors de cette tournée inédite d'avant-premières qui démarre aujourd'hui et nous conduira dans toute la France. Nous sommes chargées de la promotion du film « Sœurs de Vie », tourné dans les murs de nos deux maisons en automne dernier par le cinéaste (devenu un ami) Franck Joulin. Je suis sensible à l'idée de garder la mémoire de ce que nous allons vivre: un parcours tellement singulier et unique, si loin de notre vie à Lyon !

Qui plus est, cet écrit profitera à nos sœurs de notre maison de Mérincourt car, cette fois-ci, aucune d'elles ne sera à nos côtés au cinéma. Cela leur évitera un trop long trajet. Nous les retrouverons prochainement avec joie dans d'autres lieux. Notre producteur et fin organisateur, ménage ses troupes et a réparti au mieux ses « actrices du quotidien » (puisque ce qu'il a filmé à Lyon et Mérincourt n'est autre que notre vie ordinaire) selon les localisations géographiques[1]. Nos deux doyennes, Agathe et Lucie, tiennent des chroniques régulières de la vie au Couvent des Cyprès avec talent et, je l'imagine, elles seront ravies de nous lire !

D'ailleurs, j'aimerais que notre plume ne reflète pas seulement des traces factuelles de notre périple mais révèle ce que chacune éprouve. L'important se vit au plus profond du cœur. Ces aventures « d'avant-premières » dans nos vies ordinaires de sœurs apostoliques s'étendront sur tout le mois de février. Chacune pourra inscrire sur ce beau cahier cartonné orangé au papier épais et immaculé (beau choix d'Albane), ses impressions personnelles au fil des destinations.

J'essaie d'employer ma plus belle écriture pour inaugurer cette première page blanche ! Pourtant, assise

---

[1] Voir le roman : Traversée sous la Lumière

dans la zone d'attente de la gare Part-Dieu, sans table et dans un cadre plutôt bruyant, je dirais que les conditions ne sont pas idéales ! Des valises environnent mon siège et plusieurs jeunes discutent à voix haute. Pour ce qui est de nos bagages, ils sont réduits : nous ne partons que pour une nuit et nous emportons seulement un petit sac chacune. Avec le matériel quotidien commun que nous nous sommes réparti, les charges sont d'autant plus allégées…

Au départ ce matin, nous ne sommes que quatre sur sept de notre groupe de Lyon : Roseline, Albane, Colombe et moi. Nos deux soignantes, Isabelle et Lydie n'ont pu se libérer pour ces premières dates et notre enseignante Sophie, évidemment, ne peut s'absenter un vendredi de classe. Franck Joulin, ce cher producteur de cinéma qui a eu l'idée de nous filmer, a balisé avec soin toutes nos étapes et ce soir nous dormirons à… Évian, en Haute-Savoie ! J'avoue que cela me plaît de commencer par une ville à taille humaine avant d'autres prévues, beaucoup plus impressionnantes, telle que Paris. La période qui s'annonce promet d'être une expérience communautaire unique et exaltante !

En ce vendredi, le cinéma d'Évian nous attend pour 20 heures. Nous avons eu la photo du lieu avec la grande affiche du film « Sœurs de Vie », un titre qu'a proposé l'équipe de production et que nous avons approuvé sans réserve. Franck Joulin tenait absolument à démarrer la tournée par cette ville : il conserve dans la région des liens sentimentaux et professionnels profonds, nous a-t-il expliqué. À la bonne heure ! Cela va nous « roder » pour la suite et nous faire découvrir du pays. Franck nous rejoindra directement sur place, au cinéma. Notre train part à 9 h 38 et nous escomptons pouvoir explorer la ville avant la séance… un autre intérêt bien agréable !

Nous aurons deux changements de train, l'un à la gare de Bellegarde sous Valserine et l'autre à Annemasse, avant d'arriver à 12 h 38 à destination. Le temps ne s'annonce pas mauvais et surtout pas trop froid ; en février, je redoutais en ces régions montagnardes des températures paralysantes. J'imagine qu'à cette période de l'année, la salle de cinéma risque d'être clairsemée ; c'est un peu une appréhension. En tout cas, je suis ravie de pouvoir découvrir le lac Léman, je n'ai encore jamais mis un pied dans ce lieu au long de ma longue vie… ! Malgré la pensée un peu intimidante de devoir se trouver devant un public pour répondre aux questions après le film, je ressens une délicieuse sensation d'évasion et d'attrait pour la découverte.

Colombe, assise à mes côtés, connaît bien Évian : elle s'y rendait lors de vacances familiales pendant sa jeunesse. (Sa stature de mannequin quadragénaire lui a valu d'être abordée dans la gare tout à l'heure pour… une proposition de photos de catalogue de voyage ! Elle a décliné poliment). Un des oncles de Colombe possédait au bord du lac Léman une propriété. Notre sœur pourra nous faire découvrir la ville : nous sommes contentes d'avoir une guide parmi nous !

De plus, à Évian, notre cinéaste enthousiaste nous a promis une surprise… ! En sortant du train, nous devons lui téléphoner pour être conduites dans un hébergement-mystère par une personne prévenue ! Il n'y a pas eu moyen d'en savoir plus ! Franck est un amour de cachottier… Depuis que ce chef d'entreprise actif a retrouvé la foi chrétienne dans notre oratoire de la maison des Glycines à Lyon (la grâce ne nous appartient pas !), il ne sait que trouver pour nous faire plaisir. Il faut dire que cela a tellement changé sa vie et qu'il n'en revient toujours pas. J'avoue que cette destination d'hébergement inconnue pique ma curiosité…

Annonce de notre train en gare… je range mon stylo ! En route, les voyageuses !

Colombe

Quelle délicieuse sensation d'être dans ce TER qui roule depuis un moment déjà : j'étais trop absorbée par l'observation du paysage pour écrire lorsque Aymy m'a transmis ce livre-souvenir ! Il faut dire que le parcours m'offre des paysages avec des résonances toutes particulières… Pendant mon enfance, les vacances d'été passées dans la villa d'Oncle Alexandre à Évian, au bord du lac Léman; tout un monde… et que de souvenirs ! À l'adolescence, ce désir, surprenant pour nos parents, exprimé par mon frère et moi ; prendre le train… une véritable épopée pour deux jeunes gens d'une famille riche qui voyageaient habituellement dans une voiture privée conduite par un chauffeur de maître ! Vivre un trajet « normal », comme tout le monde, juste Aurel et moi… jubilation et liberté !

Je me remémore les fines et nombreuses observations dans ce nouveau cadre ferroviaire alors totalement inexploré ! Prendre les billets au guichet (nous tenions à être complètement autonomes), observer la vie trépidante des gares, puis l'ambiance et le décor des wagons… Se laisser porter par le balancement du train la tête appuyée contre la vitre, scruter les maisons, contempler les champs, regarder les voitures évoluant comme immobiles sur les routes parallèles, dévisager les reliefs et le ciel, découvrir les autres voyageurs en captant leurs mots ou leur silence, leurs vêtements, leurs activités, leurs attitudes… s'imaginer leur métier, leur situation de vie, leur destination… Mon frère Aurel, moins timide que moi, se lançait dans quelques conversations anodines avec nos voisins. J'écoutais, ravie par cette ouverture bien loin de la vie versaillaise fort encadrée dont j'avais l'habitude. Dans ces trains, les odeurs, les sons, les sensations d'assise sur les sièges orangés : tout me revient d'un coup ! Et puis, comme c'était amusant d'essayer de marcher dans les couloirs et de tenir l'équilibre sans aucun appui… car, évidemment, je me lançais dans l'exploration des autres wagons parcourant l'ensemble du train... juste pour le plaisir ! Que de moments riches d'impressions multiples !

Présentement, avec cette première destination à Évian pour la promotion du film, mon rêve serait de retrouver la maison d'oncle Alexandre (vendue depuis quelques années) et qui sait si les nouveaux propriétaires ne m'autoriseraient pas une petite visite... au moins du jardin ? ! Revoir le ponton au bord du lac où nous passions des heures à jouer, à discuter et à observer la vue aux couleurs changeantes de l'eau du lac face aux montagnes jusqu'au crépuscule... un lieu de rêve, des instants suspendus ! Dans le vaste parc, les sensations décuplées de l'enfance procuraient un relief à chaque arbre, chaque plante, chaque relief ; petite, je vivais à ma hauteur et voyais tant de détails qui m'échappent maintenant ! Comme j'aimerais pouvoir envoyer des photos de la villa à mon frère Aurel : je suis certaine que cela pourrait effacer sa rancune et sa peine de m'avoir vu déserter le poste de traductrice dans l'entreprise familiale qu'il dirige maintenant[2]. Se rejoindre ainsi serait un véritable cadeau après tant de souffrances... Cette aspiration, je l'admets, me porte à faire ce voyage bien davantage que la pensée d'évoquer le film tourné sur notre vie devant un parterre de spectateurs !

À vrai dire, j'appréhende ce moment (notre sœur Aymy souhaite que nous exprimions nos sentiments dans

---

[2] Voir le roman : Le Journal de Sœur Aymy

ce carnet, je me livre donc). Mon tempérament discret fait que je répugne à parler de moi en public : la vie intérieure, souvent complexe et personnelle, fait que les mots sont difficiles à choisir devant des inconnus ! Non, Évian me motive pour tout autre chose et c'est heureux pour une première « avant-première » ; cela me sera une expérience qui, je l'espère, me donnera quelques phrases à réutiliser avec plus d'assurance (et peut-être de motivation) pour les suivantes ! Je souhaite continuer à profiter pleinement du paysage (j'ai évidemment choisi une place près d'une fenêtre), je passe le carnet à Albane…

Albane

Comme Aymy, je ne connais pas du tout la ville d'Évian et je suis curieuse de savoir où se trouve la source de la fameuse eau ! En ce moment, la voie du chemin de fer traverse des paysages de plaines et au loin se dessinent des hauteurs légèrement enneigées. Nous avons eu une discussion intéressante avec un voyageur qui nous a questionnées sur notre destination. Sœur Aymy s'est installée à côté de lui en bout de wagon : il semble qu'il ait de grandes questions métaphysiques à approfondir. Quant à nous, nous profitons du calme (le train n'est pas surchargé) en nous laissant porter par le mouvement, les yeux rivés sur le panorama.

Je pense que… Mince !… Brusquement, un arrêt ! En pleine voie au milieu des champs… bizarre ! La voix du conducteur vient d'annoncer « qu'un problème technique sur les rails oblige à l'arrêt du train pour une durée indéterminée ». Pas très rassurant ! J'espère que nous ne serons pas trop retardées, nous qui voulons visiter Évian avant ce soir !

Il est 10 h 30, la prochaine gare est Culoz ; seulement nous ne l'avons pas encore atteinte. Le wagon s'agite, chacun essaie d'en savoir plus, sans succès…

Chapitre II

Roseline

Je prends la suite pour m'occuper ; nous voilà immobilisées depuis plus d'une heure ! Et toujours rien sur l'horaire de redémarrage du train... La seule information : un animal se trouve sur les rails et des équipes spécialisées arrivaient sur la zone, difficile à atteindre... Notre chef de rame au micro prenait une voix rassurante mais tout le monde s'impatiente, si bien que Colombe (sur le conseil d'Aymy) a proposé un intermède « chorale » ! Toutes les personnes intéressées ont eu la permission du contrôleur de sortir dans le champ, près de la voie, pour vocaliser... Colombe, dans son élément, a lancé l'apprentissage de canons simples. Je vois que de plus en plus de voyageurs sortent, soit pour écouter, soit pour participer. Au moins, le temps passe et les esprits s'apaisent en fixant les gestes de Colombe. Quand je la regarde diriger, j'ai l'impression d'une chorégraphie ! C'est bien notre Aymy... derrière ses lunettes rondes, ses yeux verts pétillent et elle a toujours le chic pour trouver des idées... toujours si imprévisibles et cela m'amuse beaucoup ! Le contrôleur m'a dit qu'il avait beaucoup moins de plaintes depuis cette activité inattendue.

C'est vrai qu'il ne fait pas très froid (pas de vent) et comme la neige n'a pas atteint les plaines, rester dehors bien habillés, même immobiles, n'est pas désagréable. Pour ma part, je préfère attendre dans le train ; cela me distrait de regarder les chanteurs d'occasion depuis mon siège, derrière la vitre que j'ai abaissée légèrement pour bien entendre. C'est comme un spectacle : plusieurs familles avec quelques petits, des personnes d'âge mûr et quelques adolescents. Il y a un homme en costume (genre « jeune cadre dynamique ») qui s'époumone de tout son cœur, cela ne m'étonnerait pas qu'il soit déjà choriste ! Colombe l'a repéré et il soutient les secondes voix du canon. On croirait que la halte « chorale » était prévue dans le voyage ! ☺

Aymy

Notre carnet tourne de main en main, c'est parfait ! Nous sommes enfin repartis ! Après presque deux heures d'arrêt... C'était long, même si mon voisin, un voyageur retraité (suisse octogénaire vêtu impeccablement), assoiffé d'intérêt spirituel m'a tenu plus d'une heure de conversation ! J'aime ces rencontres imprévues. Je lui ai donné plusieurs références de livres et de lieux pour étancher sa soif spirituelle et lui ai conseillé d'acheter le « Guide Saint Christophe ». Je n'ai pas oublié les conférences ou livres du très drôle mais néamoins profond théologien Pierre Descouvement qui met sur internet gratuitement ses réflexions, c'est aussi un grand ami et fin connaisseur de Thérèse de lisieux. Sans omettre de lui signaler que son propre pays regorge de talentueux pasteurs et théologiens (évidemment, je n'ai pas résisté à la tentation de lui conseiller de lire l'un d'entre eux : Maurice Zundel).

Au milieu de nulle part, longiligne et lumineuse, Colombe a animé remarquablement le moment d'arrêt avec son répertoire de chants simples et « qui font de l'effet », même pour des non initiés. Voir tous ces inconnus chanter à pleine voix dans cette verdure ; une scène émouvante… Colombe a été longuement applaudie lorsque le contrôleur a donné l'ordre de remonter dans les wagons. Les physionomies étaient toutes autres après cet interlude !

Nous avons eu droit à une distribution de bouteilles d'eau et de biscuits… Il est presque 13 h 00, nous approchons de Bellegarde sous Valserine, après avoir dépassé les gares de Culoz et de Seyssel-Corbonod. Nous aurons un changement de train après dix minutes d'arrêt. Inévitablement, j'ai prévenu Franck Joulin de notre retard.

Les téléphones portables sont une bénédiction dans ce genre de circonstances !

Roseline

Invraisemblable !.... Encore bloqués ! Ce n'est pas possible !

Nous avons bien effectué les changements de train, après avoir passé Valleiry, Saint-Julien-en-Genevois, Annemasse et Machilly, mais voilà que nous sommes arrêtés juste avant Bons-en-Chablais ! Et sans autorisation de sortir du train cette fois-ci ! Nous aurions pu essayer de faire du stop sur la route la plus proche et avancer, en étant si près du but... Nous ne savons pas la cause de l'arrêt, à un peu moins de vingt minutes d'Évian ! L'heure tourne, seul message : des excuses pour l'immobilisation et le retard occasionné...

Colombe

Roseline me tend le carnet, elle perçoit que je m'impatiente. Nous n'avons pas encore déjeuné... il est plus de 15 h 30. Peu de voyageurs sont restés dans le train (beaucoup descendaient à Bellegarde ou Annemasse). Le contrôleur parle d'un bus affrété par la SNCF pour venir nous chercher ici même, puisqu'il s'agirait d'une panne irréparable dans un bref délai ! Décidément, il fallait que ce soit sur notre trajet qu'arrivent tous ces ennuis. Sœur Aymy conserve son calme ; néanmoins je commence à perdre le mien…

Aymy

Quelques mots rapides écrits sur mes genoux dans le bus SNCF que nous avons atteint à pied, sur la route la plus proche des voies, ce qui a pris un certain temps avec le transport des bagages… Nous nous souviendrons de ce premier trajet !! Seigneur, quelle aventure ! Enfin, il n'est plus question que de minutes pour arriver à destination et Franck Joulin m'a prévenu que la personne chargée de nous conduire à notre logement-mystère se trouve déjà devant la gare. J'ai hâte… sa fameuse surprise accentue mon impatience !

Nous traversons par la D 903 les villages de Lully et Allinges. Des maisons imposantes aux toits pentus de style montagnard bordent la route.

… Non… Encore ! Un ralentissement !!! Des travaux sur la route ! Notre sympathique chauffeur, qui connaît les lieux par cœur, nous prédit vingt minutes de retard sur l'horaire habituel pour un transport qui ne prend qu'une demi-heure ! Nos deux jeunes sœurs, Albane et

Colombe, assises l'une à côté de l'autre, perdent patience et se désolent pour nos projets de visites d'Évian. Roseline semble résignée (l'âge augmente souvent la patience, j'en fais l'expérience) et je prie intérieurement que tous ces imprévus n'entament pas nos capacités à parler avec justesse, après la projection du film de ce soir.

J'aperçois la gare ! Un bel édifice symétrique à la façade jaune clair avec un étage surmonté d'une élégante pendule sur son toit : une gare tout à fait classique « à la française ». Je range le carnet !

Albane

Petite pause de repos dans nos chambres avant le départ pour la soirée-cinéma d'Évian. Aymy m'a dit que j'étais la bonne personne pour écrire à cet instant, je m'exécute avec plaisir :

Pour notre logement, pour une surprise… cela en a été une ! Et elle me plaît beaucoup ! En tant qu'architecte d'intérieur, je ne sais plus où regarder tant le lieu a une décoration raffinée, nous sommes à… l'Hôtel Royal cinq étoiles sur les hauteurs de la ville ! Rien que ça ! Franck Joulin a eu une proposition pour nous loger par ses connaissances (je ne sais pas à quel prix…) et nous profitons d'un panorama exceptionnel sur les contreforts des Alpes et le lac Léman. Montagnes et eaux… On se croirait devant un tableau !

En arrivant, éblouissement ! Sur les hauteurs, un bâtiment avec une façade monumentale aux balcons centraux arrondis : 118 chambres et 32 suites réparties sur six étages ! Il évoque avec charme le début du XX siècle (baignoire forme ancienne) et mille autres détails que je reconnais, marbre et chêne se côtoient. L'Hôtel est tout de même classé au rang de Palace ! Nous avons deux chambres, je suis avec Colombe, Roseline et Aymy se trouvent dans celle d'à-côté. Toutes les quatre, nous n'en revenons pas d'être installées ici ! Confort des matelas exceptionnel (je me suis allongée pour écrire… je sens que l'on va bien dormir !).

Nos chambres : élégantes et vastes dans des tons de jaune éclatant pour les fauteuils et couvre-lits. Des portes-fenêtres donnent sur un balcon avec la vue à couper le souffle. Une décoration tout en finesse et surtout sans surcharge; j'apprécie particulièrement. J'ai déjà fait plein de photos !

On nous fait visiter les parties communes : le style contemporain et celui de la Belle Époque se mélangent. Des immenses fresques restaurées de Gustave Jaulmes surprennent quand on lève les yeux. Le mobilier du XIXe siècle est fabriqué en différents bois précieux : j'ai photographié tout cela sous plusieurs angles pour les élèves de ma promo de Lyon ! Dans les étages, de nombreuses œuvres d'art : des eaux-fortes, objets, sculptures, photographies… un vrai musée ! On nous a expliqué que des générations de thermalistes se sont succédé dans ces murs grâce aux vertus de l'eau d'Évian et que ce « plus bel hôtel d'Europe » a été construit pour pallier les carences de logement de la petite commune. Inspiré par le dandysme du roi Édouard VII d'Angleterre, tout un monde d'aristocrates et autres vacanciers s'y retrouvait... La reine Élisabeth II y avait ses appartements privés ainsi que d'autres riches personnes issues de toute la planète ! Le livre d'or en témoigne et je vais avoir de quoi faire plusieurs cours à mes élèves avec autant de matière photographique et culturelle ! Je retourne à mes observations passionnantes et je donne le carnet à Colombe...

Colombe

Malgré cet endroit enchanteur, pour être franche, je ressens une vive frustration de n'avoir pu faire visiter Évian à mes sœurs ni revoir la villa d'oncle Alexandre... Je m'en faisais une telle joie, à quarante-trois ans, j'avais envie de vivre ce retour aux sources. Et demain, notre train est prévu en début de matinée : je suis très contrariée. Évidemment, en arrivant ici, il n'était pas question de s'éclipser : on nous a servi un déjeuner raffiné avant de nous faire visiter l'essentiel de l'hôtel... Plus de temps avant la séance ! La nuit est déjà là, quelle déconvenue, je suis très déçue. Aymy me prévient qu'il est l'heure de partir au cinéma... Que sera cette avant-première ?

Chapitre III

Aymy

Il est bien tard néanmoins, je reprends brièvement le carnet. La moelleuse literie pour une « nuit d'exception » m'attend, comme diraient les publicités ! Tout de même... si j'avais pensé dormir une nuit dans un palace cinq étoiles ! Franck Joulin nous a gâtées. Au cinéma, il rayonnait, entouré de toutes ses connaissances, qu'il a tenu à nous présenter individuellement. Et... surprise ; la salle était comble !

Cela m'a fait un drôle d'effet de voir l'affiche du film « Sœurs de Vie » projetée sur grand écran ! Elle représente une superbe vue de la chapelle de Mérincourt éclairée - illuminée même - avec toutes nos sœurs, photographiées de dos (nous tenions collectivement à cet anonymat et cette discrétion, aucune de nous ne souhaitait voir apparaître son visage en gros plan !). La communauté du Couvent des Cyprès se détache dans la lumière, nos sœurs, pour signifier leur unité, se donnant la main dans un élégant serpentin, avec une prise de vue en contre-plongée (une idée de notre artiste Anaïs). Tout cela accompagné d'une magnifique musique aux accents à la fois moderne et baroque. Si je ne craignais que ce mot nuise à l'humilité, j'oserai l'adjectif grandiose ! J'étais touchée, songeant à nos fondateurs Hugues Estrier et Aude Langin qui, tous deux, jouissent maintenant de la pleine Lumière de l'Amour. Un sentiment de reconnaissance m'a saisie en considérant les créateurs de Mérincourt ; que de beaux fruits au Couvent de Cyprès depuis leur disparition terrestre ! Aude et Hugues sont à nos côtés, c'est indéniable.

    Après le film, nous étions assises toutes les quatre derrière une table sur l'estrade, entourées de quelques personnalités locales sympathiques et discrètes (Franck Joulin nous a dit qu'il se chargeait des interviews pour la presse, parfait !). La table était recouverte jusqu'au sol d'un tissu blanc : ce détail a plu à Roseline qui a l'habitude, quand elle réfléchit ou ressent une émotion, de bouger ses pieds tout en parlant : avec ce dispositif, ni vu ni connu ! Chacune de nous a répondu comme elle a pu, avec ses mots.

- Je songe, tout en écrivant, qu'assister à chaque séance va nous mettre sous les yeux les mêmes scènes un certain nombre de fois... moi qui crains la répétition, je trouverai bien quelque prétexte pour m'évader (mes sœurs qui vont me lire me reconnaîtront) ! -

Les spectateurs nous ont offert une belle diversité d'interrogations, d'attentes, de réflexions... Je n'aurais jamais présumé que notre vie, toute simple, intéresse autant, malgré les quelques aventures croustillantes filmées avec talent. La salle a eu des moments de réaction collective « suspendus », notamment lors du fameux et interminable plan fixe silencieux de ma 4 L... en équilibre, au bord du ravin à Lalouvesc[3] !

Notre cher producteur a conduit la soirée de bout en bout, commençant par parler avec aisance, sa haute stature bien campée sur une des marches de l'estrade. Il a commencé par raconter avec une grande sincérité (il fallait oser) sa conversion au christianisme dans notre oratoire à la maison des Glycines[4], ses conséquences sur sa famille, qui était sur le point d'imploser, et enfin, sa vie de travail intenable devenue, grâce à son « lâcher-prise », une aventure passionnante et collective. J'ai essayé de demeurer digne... toutefois les larmes n'étaient pas loin : écouter de telles grâces remuent le cœur, ce n'est pas du toc ! À la fin de son témoignage, devant l'auditoire attentif, Franck

---

[3] Voir le roman : Traversée sous la Lumière
[4] Voir le roman : Le Temps d'Exister

Joulin n'a pu contenir son émotion ; la voix étranglée, il a conclu brusquement en sortant un mouchoir. Après quelques secondes de silence total, le public a applaudi longuement : poignant !

Ensuite, nous avons entendu les questions ou remarques les plus diverses :

— Entre sœurs, vous vous disputez ?

— Pas souvent ! a répondu sobrement Albane, notre plus jeune sœur présente (35 ans bientôt).

C'est vrai que nous formons un groupe pacifique. Malgré nos âges et parcours différents, nos caractères s'harmonisent. Un idéal commun, comme celui de l'Évangile, est un sacré ciment. Je me remémore cette phrase de d'Antoine de Saint-Exupéry : *Il n'est de camarades que s'ils s'unissent dans la même cordée, vers le même sommet.*

— Cela ne vous manque pas de ne pas avoir d'argent personnel ? a demandé une spectatrice à la mise sophistiquée, située au deuxième rang.

Franck Joulin se chargeait avec simplicité de faire circuler le micro parmi les rangs. Pour lui répondre, Colombe s'est lancée de sa voix douce et bien articulée avec son langage soutenu. J'ai une bonne mémoire (toute fraîche), je rapporte à peu près ces propos :

— Certes, si nous mettons nos biens en commun, cela n'empêche nullement de satisfaire nos besoins personnels, nous les exprimons clairement... Nourries par d'autres matières, plus intérieures, nous n'avons peu désirs matériels coûteux. Incontestablement, nous ne vivons en rien comme des indigentes qui ne peuvent rien s'offrir ! Nous achetons ce qui nous fait plaisir sans ruiner la communauté, souvent d'ailleurs, dans des magasins de seconde main. Notre groupe essaie toujours de ne rien gaspiller. Le Couvent des Cyprès aime à être économe sans être chiche.

Plus étonnant, un jeune (étudiant ?) aux cheveux châtains, s'est levé plusieurs fois - il ne devait pas être loin du mètre quatre-vingt-dix - et nous a questionnées. Au début de la projection, installé tout près de nous, je l'avais remarqué avec ses lunettes et sa chevelure épaisse coiffée en arrière. Je me disais intérieurement qu'un jeune homme de cet âge risquait d'être déçu de ce qu'il allait visionner ; cela n'avait rien d'un film d'action au suspense insoutenable ! Quand Franck Joulin lui a tendu le micro, il a expliqué d'un ton assuré qu'il avait « rencontré Jésus » depuis peu de temps, grâce à des amis. Il a ensuite posé plusieurs questions disparates mais intéressantes. Sur le problème de l'existence du mal sur la terre notamment en évoquant le philosophe Malebranche (un étudiant en philosophie ?), j'ai cité la phrase de René Voillaume : *Oui, le mal continue et c'est un grand mystère. Nous ne pouvons pas expliquer le mal. Après des siècles de réflexion et d'expérience, l'homme n'est pas plus avancé que ne l'étaient les amis de Job lorsqu'ils discutaient avec lui de l'origine de ses maux. Ils finirent par garder le silence et nous pouvons nous taire comme eux.* Pour conclure par une note personnelle, j'ai précisé : je ne comprends pas le mal, mais j'ai confiance. Pourquoi ? Parce que Jésus, en ressuscitant, a signé la victoire définitive du bien sur le mal, de la vie sur la mort.

Le jeune homme a poursuivi passant du rôle des missionnaires à la vie après la mort. Cela partait dans toutes les directions... Et les visages de mes sœurs se tournaient à chaque fois vers moi pour lui répondre !!

Ce jeune prolixe me fixait avec intérêt quand je parlais, cependant il replongeait invariablement les yeux sur son téléphone portable dès que j'avais terminé, tout en le manipulant frénétiquement. C'était assez bizarre et pour le moins d'une grande incorrection... Notait-il mes mots ? Pourtant, de nos jours, il suffit d'enregistrer sans avoir à écrire. Enfin, il semblait que les autres questions-réponses ne l'intéressaient nullement. Sans doute, manquai-je d'indulgence pour la génération « zapping »... Franck Joulin lui a donné une dernière fois la parole et pour la troisième fois, il a changé de siège avant ma réponse, en déplaçant la veste de Roseline qui s'y trouvait. Le public participait sans temps morts, les Haut-Savoyards que je pensais silencieux et réservés n'hésitaient pas : beaucoup de mains se levaient... Moi qui avais imaginé un silence embarrassant dans une salle presque vide qui nous aurait obligées à improviser (des pensées désagréables dans le recueillement de la prière cette semaine) ; ce fut tout au contraire un moment qui a filé à une vitesse surprenante ! « Femme de peu de foi, pourquoi as-tu douté ? ».

J'espère que je n'ai pas trop dit de bêtises, Roseline m'a assuré que non… de toute manière, l'Esprit Saint s'en arrangera puisque tout cela, c'est pour Lui !

Je me suis laissée emporter par l'écriture, il est vraiment tard : j'en reviens donc à ce qui a redonné le moral à Colombe et que je tenais absolument à écrire dans ce carnet avant de dormir :

Au sortir du cinéma, deux personnes nous attendaient pour prolonger l'échange : Le jeune géant prolixe du premier rang qui voulait avoir les dates et lieux des prochaines avant-premières pour y convier ses amis et faire une photo avec nous pour son compte « Insta » (pourquoi pas !) et… le directeur du VVF (Village Vacances Familles) d'Évian. Quand celui-ci a compris notre déception de repartir demain dès l'aube de la ville, il nous a proposées une nuit dans un appartement de son établissement au pied du lac ! Joie !! Le visage de Colombe s''est éclairé soudainement d'un sourire radieux. Le prix pour quatre personnes est modique (il a dû le baisser) ; nous n'allons pas nous priver de rester dans une ville que nous n'avons aperçue que dans l'obscurité et de loin !

Voilà, sur cette perspective et malgré les péripéties du jour, je me couche le cœur en grande paix…

Roseline

« Ma conscrite » Aymy me propose d'écrire un peu sur le carnet. Je suis installée sur la table du séjour de notre appartement au VVF, buvant une boisson très chaude - pour ne rien perdre de nos souvenirs (très frais, pour parodier Aymy, seulement l'adjectif n'a pas le même sens !) de cette matinée à Évian ; c'est presque du « temps réel » comme on dit actuellement !… C'est vrai qu'il y a de quoi raconter !!! Mon Dieu ! À mon âge, je ne pensais pas devoir agir comme je l'ai fait ! Voici ce qui s'est passé :

Après un petit déjeuner raffiné et copieux (nous avons gardé quelques denrées pour plus tard dans nos sacs !), à la hauteur du Palace cinq étoiles qui nous accueillait, nous avons été conduites par un chauffeur jusqu'ici. Le VVF se compose de plusieurs bâtiments avec des logements de un à trois étages sur la colline qui domine le lac et la route principale d'Évian. Un appartement de deux pièces en rez-de-chaussée nous attendait, avec draps et serviettes, situé non loin du portail d'entrée. En cette période scolaire, les lieux sont presque vides : quelques retraités ou couples avec enfants en bas âge. Notre installation n'a pas pris longtemps. Colombe et Albane ont fait leur lit dans le séjour avec le canapé pliable et Aymy et moi avons pris la chambre à deux lits qui a une salle de bains attenante. Nos jeunes sœurs nous laissent le meilleur ! Évidemment, cela change du Palace, pourtant je trouve que c'est confortable et j'aime bien le petit extérieur avec terrasse.

Vers 10 heures 30, nous avons pu descendre au bord du lac directement par les jardins en pente du VVF. Nous avons atteint le chemin piétonnier en traversant la route côtière qui rejoint la Suisse et traverse Évian d'Ouest en Est. Le port avec le cliquetis des bateaux nous a attirées et nous avons observé les rives du lac bien apparentes avec les reliefs alentour. Il y avait des sculptures de bois flottés aux formes originales disposés sur le parcours. Avec un ciel, couvert mais sans brouillard, on pouvait observer dans toutes les directions. Évian s'étend entre le lac et la montagne sur une bande pentue qui rejoint les plateaux, plus hauts, là où se trouvait le palace. Nous avons jeté un coup d'œil aux tarifs du transport en bateau jusqu'en Suisse : pas dans nos prix ! Colombe nous a montré la ville de Lausanne située juste en face, au bord du lac. Elle a expliqué qu'un village à quelques kilomètres d'Évian « Saint Gingolph », commune du Valais, a la particularité d'être divisée en deux pays par la rivière *La Morge*, qui fait office de frontière entre la France et la Suisse, amusant !

Toutes les quatre, sans nous presser, nous avons longé la magnifique étendue d'eau (72 km de longueur et 14 km de largeur), on aurait dit la mer ! Albane nous a photographiées. Des vagues refluaient sur les petites plages de galets avec un vent fort, Aymy a enfilé la capuche de sa parka. D'un commun accord, nous voulions visiter le centre-ville et la source Cachat (l'eau d'Évian) en après-midi et profiter de la matinée pour poursuivre vers l'Est, en bordure du lac. C'est là que Colombe retrouverait la villa des vacances de son enfance. Bientôt, nous avons aperçu une jolie place bien aménagée avec de grands sièges en bois face à l'eau, avec un revêtement de sol impeccable. Aymy a voulu s'asseoir dans les installations (elle aime bien tout essayer, comme moi !)… mais pas pour longtemps ! Elle s'est relevée d'un coup ! Et pour cause…

Deux enfants (environ dix ans ?) jouaient au ballon en parlant une langue étrangère, tout joyeux de rivaliser avec des figures de foot. Nous avons pensé à des vacanciers étrangers et Aymy disait qu'elle ne trouvait pas très prudent de jouer au ballon si près du lac… Arriva ce qui devait arriver ! Après une figure artistique digne d'un champion près des buts, le ballon a atterri dans le lac… et à bonne distance du bord ! Sans avoir eu le temps de mettre en garde les enfants trop éloignés de nous, l'un des deux s'est jeté tout habillé et avec ses chaussures dans l'eau pour rattraper le ballon que les vagues entraînaient au large… Aucun adulte autour, les enfants étaient seuls. Manifestement, le jeune garçon maîtrisait la nage mais, peut-être à cause du froid ou du poids de l'eau dans ses vêtements et chaussures, il a commencé à s'affoler en criant. Son camarade resté sur le rivage lui répondait, répétant les mêmes mots plusieurs fois. Aucune embarcation sur le lac à alerter, aucun promeneur alentour…

D'un seul mouvement, nous avons couru vers l'enfant sur la rive (Colombe a pensé à une langue d'un pays du nord), elle a réussi à communiquer en allemand avec le nageur en danger, mettant ses mains en porte-voix. Il était de plus en plus en difficulté et dérivait vers un endroit beaucoup moins accessible et plus profond d'après Colombe (qui connaissait bien la zone), il n'avait plus pied du tout !

Il n'était plus temps de tergiverser ! Colombe et moi (les plus aptes à nager dans ces circonstances) avons quitté chaussures et pantalons, sans prendre le temps d'enlever le reste en voyant l'enfant disparaître de plus en plus longtemps de la surface. L'urgence nous a projetées dans l'eau, sans plus réfléchir. J'ai senti la morsure liquide glaçante, comme atténuée par la situation dramatique. Après quelques mètres en marchant, Colombe et moi avons dû nous mettre à nager. Ma sœur m'a crié « Remonte tes manches ! ». Son vêtement beaucoup plus serré que le mien ne gênait pas son crawl. Ma veste coupe-vent plus large avait plus de prise à l'eau et au vent. J'ai nagé en brasse coulée pour avancer le plus vite possible, en suivant Colombe. Nous avons atteint l'enfant rapidement. Il s'agitait, toussait et crachait n'arrivant plus à se maintenir à la surface.

Colombe, calmement lui a parlé en lui tenant la tête hors de l'eau. Il s'est mis sur le dos immédiatement et s'est laissé soutenir, complètement immobile, s'agrippant à nos deux bras, les lèvres déjà bleuies par le froid. J'avais une main sous sa nuque et Colombe sous son dos, son poids léger ne nous déséquilibrait pas trop. En brasse et d'une seule main, nous avons nagé contre le vent tournant : la rive me paraissait toujours aussi distante ! Je ressentais mes jambes comme un glaçon indistinct et sur haut du corps, mes vêtements collés à la peau devenaient une sensation de plus en plus désagréable à supporter. Plus petite que Colombe et moins légère, je luttais pour avancer et devais faire deux mouvements pendant qu'elle n'en faisait qu'un. Je tâchais de me concentrer sur ma respiration.

Nos sœurs depuis la rive nous encourageaient. Le froid m'engourdissait et je commençais à claquer des dents comme l'enfant qui tremblait de tous ses membres et me jetait un regard angoissé. Colombe a proposé que nous avancions en petits zigzags pour éviter d'être à contrevent, elle voyait que je me fatiguais de plus en plus…

Chapitre IV

Albane

Je continue d'écrire la suite des évènements pendant que Roseline finit son thé raffiné (rapporté du Palace !).

… Sur le bord, en regardant Colombe et Roseline lutter pour sauver le petit garçon dans ce grand lac secoué de vagues, j'avais le cœur qui battait à grands coups ! Quand elles ont eu pied pour marcher sur les derniers mètres en soutenant le footballeur grelottant, j'étais enfin soulagée ! Aymy et moi avons improvisé des cabines de déshabillage pour mettre tout le monde à l'abri du vent (enfin essayer !).

Aymy a frictionné le garçon transi avec deux mouchoirs en coton et son foulard. Mon pull a servi à l'habiller ; il le couvrait jusqu'aux genoux. Son frère (ils se ressemblaient beaucoup), « Adam », lui a donné son pantalon, son bonnet et ses chaussettes. Aymy le réconfortait par des gestes, après la peur qu'il avait ressentie pour son frère, il pleurait à gros sanglots.

Un peu plus loin, j'aidais Roseline et Colombe qui ruisselaient à se déshabiller. Une promeneuse nous a rejointes, de plus haut, elle avait assisté à la scène. Très élégante, avec ses talons sur les galets, elle marchait difficilement. Dès qu'elle a été près de nous, elle nous a tendu son carré en soie aux motifs écossais en guise de serviette. Fouillant dans son sac, elle a trouvé deux paquets de mouchoirs en papier. Je les dépliais un par un minutieusement (avec le vent!) pour les donner à nos sœurs qui s'épongeaient comme elles pouvaient. La passante était désolée. Très respectueuse, elle se positionnait de dos et face au vent en écartant son manteau pendant que je frottais Roseline et Colombe avec le gilet en coton d'Aymy en guise de serviette !

Colombe s'essuyait le visage, d'un coup, elle s'est arrêtée : « Madame, votre parfum, c'est bien Prineline numéro 5 ? ». La personne (la cinquantaine) lui a répondu que oui, surprise. Deux larmes ont coulé sur les joues de Colombe : il s'agissait d'une fragrance rare vendue par l'entreprise de sa famille ! Après l'effort du sauvetage, ce détail l'a bouleversée… Un vrai clin d'œil du Ciel ! Comprenant son émotion, la gentille promeneuse lui a dit, avec une voix pleine d'assurance et de distinction : « Madame, je vous offre ce carré ! ». Malgré les protestations, elle n'a rien voulu savoir (Colombe, qui connaît les prix des accessoires de luxe, se sentait très gênée). Ce sera un beau souvenir !

Roseline a enfilé la parka d'Aymy à même la peau et Colombe a fait de même avec la mienne et toutes deux ont resserré les capuches au maximum. Heureusement que leurs pantalons et chaussures étaient restés sur la plage ! Colombe était toute pâle. La généreuse dame nous a donné un sac plastique pour transporter les vêtements trempés, après nous avoir aidées à les essorer. Secouée par une telle imprudence et choquée, comme nous, que les deux enfants soient seuls et sans surveillance si près du lac, la passante nous a encouragées à sermonner la famille. Je n'osais même pas penser à ce qui aurait pu arriver ! Le petit rescapé « Alexander », tremblait toujours, sans pouvoir parler, serré près son frère qui ne pleurait plus et qu'Aymy tenait contre elle.

Colombe a demandé à Adam où les deux jeunes vacanciers (luxembourgeois, nous a-t-elle dit) habitaient ; l'enfant a désigné la direction d'une rue pentue, perpendiculaire à la route principale, tout près. Notre sœur traduisait les phrases d'Adam, Alexander le regardait en silence. Les deux frères passaient des vacances à Évian et pendant que leurs parents visitaient la Suisse, leur oncle les gardait.

Nous avons salué et remercié chaleureusement la dame qui a poursuivi son chemin. Au bout de dix minutes de marche au pas de course (le vent soufflait toujours autant), nous sommes montés dans l'appartement des vacanciers, au second étage d'une grosse maison en pierres apparentes. Un jeune homme aux cheveux bruns, longiligne, en tenue de nuit avec un soda à la main nous a ouvert, les yeux écarquillés quand il a vu son neveu grelottant revêtu avec mon pull et Adam sans pantalon ! Colombe a donné un ordre bref à Alexander, nous l'avons vu partir rapidement, bientôt des bruits de douche se sont fait entendre.

Le jeune oncle fixait Colombe une main sur la bouche en l'écoutant, immobile, visiblement ému. Une expression navrée sur le visage, il a parlé très vite avant de partir brusquement dans la cuisine. Notre sœur traduisait : l'adolescent avait demandé si nous voulions de l'argent (dans son remords et sa peur rétrospective, il avait eu l'idée d'un dédommagement...). Avant que Colombe ne finisse sa traduction, le jeune homme lui tendait un sac de courses bourré à craquer ! Notre sœur jugeait pédagogique que l'adolescent donne quelque chose... et sa bonne idée nous a évité de perdre du temps pour nous ravitailler ! Alexander, enveloppé dans un peignoir est revenu, le visage grave, il a serré d'une longue étreinte chacune de nous silencieusement. Son frère l'a imité, j'avais les larmes aux yeux.

Ensuite, toutes les quatre, nous avons galopé jusqu'au VVF : nos deux sœurs se sont douchées longuement à l'eau très chaude. Maintenant, Colombe est habillée avec un sous-pull d'Aymy et Roseline avec un de mes tee-shirts et une polaire. Sans leurs deux vestes sèches (nous avons tout mis près des radiateurs mais cela va prendre du temps pour qu'elles soient mettables), comment sortir avec ce vent ? Nous n'avons pas assez de vêtements de rechange ! Forcément, qui aurait pu prévoir ?

Colombe

Quel désagrément d'être bloquées ici, nous avons essayé toutes les combinaisons possibles avec les vêtements en notre possession, il ne serait pas raisonnable de se lancer dehors sans coupe-vent…

… Aymy a eu une idée !! Elle vient de sortir pour demander au centre s'il n'y a pas une réserve d'habits trouvés et non réclamés ! Prions !

Aymy

Pendant que mes sœurs se préparent, quelques mots sur ce carnet resté sur la table :

Il y a quelques minutes, à l'accueil, j'ai croisé le directeur quadragénaire en pull à col roulé, l'air surmené, les traits tirés, beaucoup moins souriant qu'hier au cinéma. À ma demande, sans faire le moindre problème, d'un geste vif, il s'est emparé de deux parkas de chantier sur un portemanteau de la salle voisine ! Néanmoins, tout en me les donnant par-dessus la banque, il m'a regardé avec insistance de ses yeux gris soulignés par des sourcils horizontaux :

— Je serai heureux que vous testiez notre espace bien-être avec piscine, hammam et sauna. Vous pourriez laisser chacune un commentaire sur notre site internet !

Il m'en a précisé l'importance pour la clientèle ajoutant (remarquant sans doute mon visage un peu figé), qu'il nous offrait une nuit supplémentaire ! J'ai ouvert la bouche pour signaler que nous n'avions pas prévu de maillots de bain… Se penchant, il a sorti de dessous une étagère une caisse en plastique remplie :

— Vous trouverez bien votre bonheur là-dedans ! C'est fou ce que l'on peut récupérer chaque année, tout a été lavé, ne vous inquiétez pas !

Comment refuser ? D'autant qu'il proposait de prolonger notre séjour gratuitement ; finalement cela tombait bien pour pouvoir découvrir toute la ville, les sources et l'église…

… Et bonne nouvelle, mes sœurs sont partantes ! Même nos deux sauveteuses : Roseline, qui n'a jamais eu l'occasion d'utiliser un sauna ou hammam de sa vie, voudrait essayer (un tempérament curieux, tout comme moi, en effet !) et Colombe me dit que cela achèvera de la réchauffer !

Ainsi, nous venons tout juste de réaliser une séance d'essayage des maillots de bain, mémorable ! Que de fous rires !

Colombe s'est trouvé un « deux pièces » en seize ans qui est des plus ajustés malgré sa taille mannequin, Roseline un « une pièce » aux couleurs fleuries et délavées à souhait dans lequel elle flotte… Quant à moi, j'ai eu toutes les peines du monde à rentrer dans un « une pièce noir » qui m'amincit plus que jamais ! Il n'y a guère qu'Albane qui ait trouvé sa taille dans une couleur verte flashy qui ne la fera pas passer inaperçue…

Le directeur m'a informée, qu'à l'heure du déjeuner, l'espace bien-être est déserté, nous allons en profiter !

Albane

Je reprends la plume après le délicieux repas (des produits luxembourgeois, heureusement que Colombe nous a expliqué les temps de cuisson des pâtes et du reste !). C'était réconfortant de manger bien chaud ! En dessert, nous avions une sorte de gâteau très dense, succulent. Avec Colombe, j'ai beaucoup apprécié l'espace bien-être et surtout le hammam. Roseline et Aymy n'ont pas pu y rester, elles se sentaient étouffer au bout de cinq minutes.

Aymy

… Irrésistible hilarité encore devant une autre scène cocasse de notre séance « bien-être » : tout en nageant vers moi dans la piscine, Roseline me regardait de ses yeux noirs et profonds, sérieuse comme un pape, ses cheveux courts frisant plus que jamais après notre passage éclair au hammam, sans avoir remarqué que son maillot XXL avait glissé et ne la couvrait presque plus après seulement deux brasses ! Heureusement que nous étions seules… franchement, nos tenues auraient surpris.

Les grandes serviettes blanches du VVF ont été très pratiques pour nous envelopper et nous installer sur les transats accueillants, disposés autour du bassin. Avec la vue sur le lac, dans cet espace entièrement vitré, quel beau moment de détente après tant d'émotions ! J'ai fermé les yeux un instant, remerciant la Providence de notre passage au bon moment et au bon endroit. Quelle action de grâce !

Dans cette position de délassement, à l'aide de mon téléphone, j'ai averti par SMS nos sœurs de Mérincourt que la séance d'avant-première d'hier soir s'était très bien passée, photo à l'appui. J'ai également joint brièvement Sophie à Lyon pour la prévenir de notre changement de programme. Colombe a regardé les horaires de train possibles pour dimanche soir. Quelle chance de pouvoir rester plus longtemps ! Nous n'avions aucun impératif à honorer pour ce week-end (Albane remet ses copies à corriger pour plus tard sans regret). Cette prolongation tombe à point nommé !

En retour de mon SMS, Christine (de Mérincourt) m'a fait sourire en m'envoyant une copie d'écran du texte Messenger d'une admiratrice du Couvent des Cyprès ! Celle-ci souhaitait être présente sur la liste de nos amis « Facebook » : *Merci pour l'ajouterie et pour la prière des sœurs.* Christine m'a affirmé qu'elle s'était retenue de répondre : *avec toute notre miséricorderie pour votre orthographe* ! ☺

Séchées et habillées dans le vestiaire attenant à notre piscine « privée », mes sœurs se sont esclaffées quand je me suis plainte : il m'avait fallu plusieurs tentatives pour faire enlever les bretelles de mon maillot trop petit ! C'est tout juste si je n'appelais l'une d'elle à la rescousse ! Colombe et Roseline, noyées dans leurs parkas de chantier à bandes fluorescentes, sont ressorties sans être des modèles d'élégance… l'essentiel est qu'elles sont bien au chaud !

Ensuite, nous sommes remontées par le long escalier (la piscine est située en bas d'un bon dénivelé) pour traverser l'accueil et rejoindre notre logement. Là, sur le passage, le directeur très agité faisait les cent pas avec son téléphone collé à l'oreille, avant de raccrocher d'un geste rageur et d'étouffer un juron. En nous apercevant, il s'est adressé à moi, d'un ton agacé :

— C'est incroyable !! Un groupe de vingt personnes vient d'annuler pour demain ! Ils devaient tous aller aux Thermes pour la journée d'ouverture-découverte et j'ai vingt billets à vendre à des personnes qui n'habitent pas Évian d'ici demain !

J'ai bredouillé :

— Ah oui, c'est ennuyeux...

Il m'a coupé, les traits de visage soudain plus détendus :

— Mais... au fait... puisque vous restez un jour de plus, cela vous intéresserait peut-être de découvrir les Thermes ? Cela vaut le coup, vous savez...

Que faire ? Nous nous sommes concertées du regard... et nous voilà embarquées dans une séance thermale demain matin, dimanche, après avoir acheté quatre billets ! (assez chers !). On peut dire que notre séjour à Évian aura été de manière inattendue des plus aquatiques ! Nous espérons trouver un office ce soir pour prier ; nous irons à l'église l'après-midi.

Colombe

Deux mots avant qu'Aymy ne glisse ce carnet dans son sac : nous partons pour la villa d'oncle Alexandre... il est 15 heures. Je suis aux anges ☺!

Aymy

Il est plus de 18 heures, nous sommes rentrées à l'appartement : Colombe est au téléphone et, pour ne pas me gêner, elle a rejoint la petite bibliothèque attenante à l'accueil de l'établissement, déserte. Albane et Roseline sont sorties acheter ce qu'il manque pour nos repas jusqu'à demain, dont du pain.

Cette visite à « la villa de Colombe » s'est révélée très spéciale… J'en suis encore profondément bouleversée ! Mon Dieu ! Que vais-je devoir écrire sur ce carnet de voyage ! Je profite de ma solitude pour relater notre ahurissante après-midi !!!

Chapitre V

Aymy

Guidées par Colombe, nous avons repéré sans encombre le portail de la grande villa située en bordure de route, côté lac, à l'abri de hauts murs, et nous avons sonné à l'interphone plusieurs fois sans obtenir de réponse (d'ailleurs nous n'entendions aucun son d'appel). Roseline, avec son sens aigu de l'observation, a constaté que le portail opaque était très légèrement entrouvert. Nous avons naturellement cru que, de l'intérieur, quelqu'un l'avait déverrouillé silencieusement et nous nous sommes avancées, sans aucun embarras, dans la majestueuse allée vers la maison !

Deux étages avec de vastes fenêtres surmontées de bois sculpté, un toit pentu avec des jacobines moulurées.

Au premier étage, une immense terrasse. Colombe, le visage illuminé de joie, s'est exclamée que rien ne paraissait changé depuis sa jeunesse sinon l'ajout d'une piscine et de quelques portes fenêtres ainsi que la couleur des volets ! Enchantée, notre sœur s'est empressée de photographier la bâtisse pendant que nous attendions que le ou la propriétaire apparaisse. Colombe nous expliquait que le dernier étage servait de salle de jeux pour elle et son frère et que leurs chambres étaient au premier : une vie de rêve !

Après plusieurs minutes, toujours personne ! J'ai proposé que nous allions frapper et exposer notre demande de visite du jardin (aux allures de parc). Ce que nous avons fait, d'abord à la massive porte d'entrée, puis aux portes fenêtres dont certaines n'étaient pas occultées par des rideaux. Nous tapions discrètement, en disant : « S'il vous plaît, il y a quelqu'un ? ». Aucune réponse, personne en vue, pas un chien de garde… rien ! Plutôt surprenant… ce silence complet avec un portail ouvert. Nous avons jugé que les habitants ne devaient pas être très loin. À ce qu'il me semble, nous ne commettions pas de faute en regardant l'extérieur : il suffirait de nous expliquer le moment venu. Notre sœur qui avait passé toutes ses vacances dans ces lieux nous fournissait un argument de poids.

Colombe, captivée, nous conduisait d'un espace à l'autre : la roseraie, le potager, l'espace arboré avec de grands arbres qu'elle reconnaissait parfaitement. Les moindres recoins lui rappelaient des souvenirs, nous la suivions avec plaisir. Colombe nous apprenait que son frère Aurel aimait sculpter le bois. Sur le tronc de buis, elle discerna même des traces de motifs, un peu en hauteur sur deux arbres. Albane et Roseline lui firent la courte échelle pour qu'elle puisse les photographier. Colombe nous dévoila où se trouvait « la cabane », au milieu d'un cèdre énorme. J'imaginais quel ravissement ce devait être pour deux enfants !

Finalement, nous sommes parvenues à proximité du mur de clôture tout au fond du parc, pour admirer ce que Colombe nommait « le Pavillon ». Un espace « cosy » circulaire et surélevé, couvert d'un dôme octogonal artistiquement sculpté en bois. Nous avons gravi quelques marches et Colombe, attendrie, a reconnu le mobilier en fer forgé où elle venait si fréquemment s'asseoir avec son oncle. Veuf assez jeune et sans enfant, il avait gardé l'habitude d'accueillir sa nièce et son neveu jusqu'à la fin de leur adolescence. Puis il avait vendu la villa et s'était retiré à Versailles avant de mourir d'un infarctus. Colombe nous a montré la photo de son oncle Alexandre, conservée précieusement sur son téléphone : un homme d'une grande prestance.

Détendues, nous avons posé nos sacs sur les bancs « historiques ». Albane, décelant la gaieté de notre sœur, a suggéré de faire une photo. Pour prendre la pause, Colombe a ôté sa parka de chantier, pas très photogénique. Roseline et moi, attirées par une sculpture, contournions le petit édifice.

Tout à coup, des bruits un peu sourds, martelés et réguliers, se sont fait entendre en provenance de la villa.

— Vite, il y a quelqu'un ! Allons-nous signaler, ai-je déclaré, nous reviendrons ensuite !

En chœur, nous avons pressé le pas jusqu'à la porte d'entrée et frappé à nouveau, sans succès ! Les bruits continuaient, difficilement localisables. Colombe a noté que la porte du garage, située à droite de la maison, pas très loin de l'entrée était entrebâillée.

— À mon époque, il y avait un accès à la cuisine depuis ce garage, nous a-t-elle informées.

— Allons voir ! a décidé Roseline, sans se douter le moins du monde de ce que nous allions découvrir !

Après avoir frappé à cette nouvelle porte de garage… toujours rien, sinon ces bruits bizarres, un peu lointains qui semblaient se rapprocher insensiblement. Roseline s'est avancée. Une fois dans le garage, Colombe a désigné l'ouverture sur la cuisine, juste à notre gauche, une porte en bois à moitié ouverte. La remise, très encombrée, débordait de matériel nautique et de jouets d'enfants. Je m'acheminais vers ce nouvel accès quand j'ai suspendu mes pas… des bruits puissants se sont fait entendre, accompagnés de voix d'hommes en dialogue, derrière, tout près !

— C'est royal le boulot en journée quand les proprios sont en vadrouille et sans cam ! Suffit de bien s'renseigner !

— Ah oui, le rêve... mais faut pas traîner quand même. Tim, tu vas chercher le fourgon, on va finir de tout stocker ici.

— Ouais, ok ! Mais j'attends le dernier moment ! Faudrait pas s'faire repérer dans la rue !

Interdite, Roseline m'a serré le bras et, d'un geste ferme nous a intimé de reculer en silence. Ses talents de détective ont surgi, elle nous a entraînées hâtivement derrière une série de planches à voile située au fond du garage. Une fois toutes les quatre à l'abri dans cet espace restreint (il a fallu s'y faufiler lentement pour ne rien faire tomber), Roseline a chuchoté :

— Un téléphone ?

Catastrophe !!! Pas une de nous n'avait le sien ! Nous avions déposé nos sacs sur le banc du Pavillon et Albane, qui prenait Colombe en photo, elle aussi l'y avait laissé ! Nous étions impuissantes, prises au piège et témoins d'un cambriolage !

Notre visite-souvenir prenait une drôle de tournure ! Derrière les planches à voile plus grandes que nous, debout, retenant notre souffle, nous ne bougions pas d'un pouce, gagnées par la crainte. La porte de cuisine s'est inopinément ouverte complètement ! Entre deux planches, j'ai aperçu un homme grand et massif avec une capuche sur la tête, qui a commencé à entreposer plusieurs objets. Quand il s'est déplacé pour entrer dans la pièce, Roseline s'est décalée légèrement avec mille précautions et nous a soufflées :

— Des tableaux, des objets d'art… chut !

Les voix, de nouveau :

— On fait un dernier voyage au second étage ? Ya encore pas mal de trucs à prendre.

— Bon ben moi, j'rapproche le fourgon, j'me garerai un peu plus loin, c'est plus prudent. Quand tout sera ok, j'l'avancerai !

— Ça roule, ya de la bonne marchandise !

L'homme massif est parti et l'on a perçu ses pas sur le gravier de l'allée. Roseline a murmuré qu'elle allait chercher son téléphone au pavillon et elle s'est glissée vers la porte du garage. Notre courageuse sœur n'a pas fait deux pas à l'extérieur !… Revenue promptement pour nous prévenir : l'homme fumait une cigarette dans l'allée ! Nous nous sommes regardées, perplexes, que faire ?….

Roseline s'est adressée à Colombe :

— Comment avertir quelqu'un, y a-t-il une autre sortie par derrière dans la cuisine ?

Colombe a réfléchi un instant et s'est souvenue que, depuis sa fenêtre de chambre au premier étage, son frère Aurel et elle, en escaladant le mur, se retrouvaient près du lac et pouvaient rejoindre à la nage la petite plage accessible par un chemin étroit depuis la route principale. Roseline a poursuivi :

— Tu te sens de passer par là, Colombe ? Ils sont au second… C'est le moment !

Colombe a opiné de la tête avec assurance.

— Je l'accompagne, Aymy, qu'en penses-tu ?

J'avais une seconde pour réfléchir, j'ai formulé :

— Allez-y ! craignant, à peine mes mots prononcés, d'avoir été trop audacieuse et imprudente !

Roseline a déposé précautionneusement sa voyante et encombrante parka. Après la pause photo du Pavillon, Colombe ne portait plus la sienne, revêtue seulement de mon sous-pull bleu marine. Nos deux sœurs se sont frayé un passage, à pas lents, vers la cuisine.

Sur le trajet, Colombe a malencontreusement heurté un jouet d'enfant et le bruit provoqué a sonné démesurément à nos oreilles ! Frayeur ! Heureusement, ce fut sans conséquence et après un temps d'arrêt, à pas de loup, nos deux sœurs se sont engouffrées dans la pièce à la porte grande ouverte.

Restées seules, Albane et moi, écoutions attentivement : aucun bruit. À voix basses, nous fomentions le projet que l'une de nous coure vers la Rotonde pour téléphoner. Car qui pouvait savoir si Colombe réussirait à sortir depuis le premier étage ? Nous étions tentées de réfléchir à ce plan B. Pour cela, il nous aurait fallu être sûr du départ du chauffeur... Subitement épouvantées, nous nous sommes tues ! Des pas sur le gravier : « Tim » revenait déjà ! Avait-il oublié ses clés ? Le temps nous avait paru si court ! Comme nous avions bien fait de ne rien risquer !

Et si ce Tim se rendait au premier étage ? Là où nos sœurs se trouvaient ! Seigneur ! Albane et moi, priions intérieurement, nerveuses. Comme disait Jules Saliege : *Prier, c'est agir.* Néanmoins, les pires scénarios me venaient en tête ; ces hommes sans scrupule s'avéreraient probablement capables de tout si l'une de nous était découverte ! Pourvu qu'ils ne soient pas, en plus, des amateurs de planches à voile ! Le silence, puis une nouvelle fois des pas, des bruits, du matériel déposé devant le garage...

Je lisais dans les yeux noirs d'Albane une expression d'effroi, elle me paraissait encore plus menue que d'habitude. Avec sa doudoune en matière plastique bruyante au moindre mouvement, elle restait figée telle une statue ! Je lui faisais des signes pour respirer calmement. Nous n'avions qu'une seule chose à faire... sans mot dire, attendre. Les trois hommes se relayaient, beaucoup moins loquaces. Nous n'étions qu'à quelques mètres d'eux. Inquiète, je risquais un œil par moments, furtivement, sans rien voir de clair ni de précis : des silhouettes noires, des objets...

Chapitre VI

Roseline

Aymy se trouve dans la chambre avec Colombe qui se repose au calme, bien couverte sur mon lit. Je prends le stylo à mon tour. Nous ne ressortirons plus ce soir... bien assez épuisées par cette journée ! Seigneur, mes soixante-dix automnes se font sentir ! La bonne nouvelle : Albane et moi avons trouvé du pain et tout ce qu'il nous fallait. Ce séjour prend des allures de roman policier ! Je continue d'écrire la suite, nos futures sœurs lectrices de Mérincourt doivent se demander ce qui s'est passé !

En traversant avec moi la cuisine encombrée de la villa, Colombe n'a pas hésité une seconde pour trouver le chemin du premier étage. Nous sommes arrivées sans difficulté par un grand escalier moquetté (cela a étouffé le bruit de nos pas !) jusqu'à la pièce du premier étage, au fond du couloir à droite, c'est-à-dire à l'extrémité opposée du garage de la maison. Nous marchions rapidement. Ouvrant la chambre, nous avons aperçu la fenêtre, juste en face de nous. Elle s'est ouverte sans résistance, j'étais rassurée : pas de volet ! Je redoutais des fermetures modernes fonctionnant à l'électricité avec du bruit ! Ouf !

Colombe a examiné l'extérieur : les appuis des pierres qu'elle gardait en mémoire demeuraient ; la façade n'avait pas été refaite. Elle a ôté ses chaussures et chaussettes afin de mieux sentir les prises sous ses pieds. Je lui ai murmuré que je lui lancerai, une fois sur la terre ferme, c'était plus prudent. Je craignais qu'elle se blesse. J'ai aidé Colombe à enjamber le rebord de la fenêtre auquel elle s'est agrippée. J'appréhendais une chute et la maintenais par les poignets avant de lâcher à son signal. Tendue, je retenais mon souffle. Colombe déplaçait lentement une main puis un pied, comme dans un parcours d'escalade. Elle semblait sûre d'elle, je priais pour qu'elle ne glisse pas ! Enfin, elle a mis un pied sur les galets, tout près du lac. Avec prudence, j'ai envoyé une à une ses chaussures. Elle les chaussées avant de se mettre à l'eau, sans une éclaboussure. Il y avait toujours du vent même s'il avait faibli depuis le matin et l'eau devait être aussi glaciale ! J'imaginais ses sensations avec un frisson et j'avais un pincement au cœur. Quel courage ! Je l'ai suivie du regard le plus longtemps possible. Colombe longeait en brasse rapide le mur, ensuite elle s'est trouvée hors de vue.

Dans la chambre, il m'a semblé raisonnable de me dissimuler : assise derrière un fauteuil, je n'ai plus bougé.

Colombe nous a raconté qu'à bout de souffle et trempée jusqu'aux os, elle avait été secourue par un passant rencontré près du lac, qui avait un téléphone ! Elle a pu appeler immédiatement les secours, donnant l'adresse exacte de la villa et signalant sa propre position ainsi que les nôtres. Le monsieur l'a invitée à entrer à l'abri du vent dans son bateau amarré tout prêt, dans lequel il bricolait. Il a trouvé des vêtements dans sa cabine et des baskets trop grandes mais sèches ainsi qu'une couverture. La police avait demandé à Colombe de rester en ligne et de passer le téléphone au navigateur. Notre sœur s'est vite réchauffée, nous a-t-elle assuré. Le propriétaire du bateau, complètement ahuri par la situation, lui a offert un chocolat chaud chauffé sur son réchaud, ne sachant que faire pour la réconforter. J'avais tellement peur que Colombe reste mouillée et tombe malade.

Je m'interromps, dans le petit coin cuisine, les casseroles m'appellent…

Albane

Roseline surveille ce que j'ai mis à chauffer pour le dîner, je vais compléter la prose de mes sœurs :

Pendant que Roseline et Colombe se rendaient à l'étage, avec Aymy, toujours derrière les planches à voile (je n'osais pas bouger d'un centimètre, j'étais tétanisée), au bout d'un temps qui m'a semblé une éternité, nous avons entendu comme une cavalcade et une troupe d'hommes casqués et armés a déferlé dans la villa, sans un mot. Nous avons pu sortir rapidement ; Colombe avait bien pensé à signaler notre présence (je tremblais que, dans l'urgence, elle n'y pense pas et que nous soyons pris pour des malfaiteurs dissimulés... cela augmentait mon angoisse !).

Aymy et moi avons été conduites, encadrées par trois hommes chacune, dans un fourgon aménagé tapissé d'ordinateurs et garé dans une rue toute proche. Là, on nous a interrogées et enregistrées. Il a fallu attendre que les arrestations soient terminées pour récupérer nos affaires au Pavillon, sous bonne garde. Pas un bruit, pas un coup de feu... tout s'est fait sans heurts, nous a assuré le responsable de l'opération. Le périmètre a été bouclé et nous avons été reconduites au VVF. Quel soulagement ! Colombe nous a rejointes peu après son interrogatoire... La pauvre aura eu deux bains forcés dans la même journée ! Elle nous a déclaré qu'elle se sentait bien, parfaitement séchée et habillée dans le bateau du navigateur. La voilà en tenue de « marin », ce qui lui va très bien, et à sa taille en plus ! J'ai eu tellement peur que je n'en finis pas de parler avec mes sœurs, je n'ai pas leur cran !

Du nouveau ! Aymy vient de recevoir un appel du propriétaire de la villa qui la convie (avec nous !) à une visite demain, en début d'après-midi, de sa maison - « de la cave au grenier », a-t-il précisé - après que la police a pu faire son travail ! Ils veulent nous remercier de vive voix. Je suis très heureuse pour Colombe ! Et je lui passe mon stylo avant le dîner presque prêt !

Chapitre VII

Colombe

Aurel va recevoir un véritable album de photos ! Je suis enchantée : tout cela est au-delà de mes espérances ! Dans cette folle équipée, ce qui m'a surprise, c'est le souvenir exact que j'avais des gestes précis pour descendre le mur depuis l'étage. Chaque prise, chaque pierre… tout s'enchaînait à merveille comme si je l'avais fait la veille ! Mémoire prodigieuse du cerveau pour cette gestuelle pourtant très ancienne. Si les circonstances n'avaient été telles, j'y aurai presque pris plaisir. Quand Aurel sera au courant de toute cette affaire, il va être stupéfait ! L'eau du lac m'a glacée, encore plus que ce matin. J'ai nagé le plus vite possible. Me souvenant d'une émission expliquant que la tête représentait 40 à 45 % de la déperdition de chaleur du corps, j'ai nagé en brasse, la tête bien hors de l'eau. Cette information (à laquelle je n'avais pas pensé ce matin avec l'urgence de sauver Alexander !) m'a sans doute aidée à moins me refroidir. Il y avait au moins cent mètres de distance à parcourir… ce fut interminable !

Toutes ces mésaventures me replongent (c'est un verbe approprié !) dans mes années d'adolescence… Quelle fierté le jour où j'ai réussi à suivre Aurel (ayant enfin la taille requise) dans cette acrobatie d'escalade qu'il aimait faire si souvent ! Je l'enviais tant !

Après, c'était presque devenu une habitude ; quand je désirais me baigner dans le lac ; depuis ma chambre, j'ouvrais tout simplement ma fenêtre. D'ailleurs, je n'ai absolument rien repéré de cette pièce, tant nous étions, Roseline et moi, préoccupées par l'exigence qui nous incombait ! Demain, j'aurai le bonheur de pouvoir redécouvrir chaque recoin de la villa… Dans cette confortable chambre, combien ai-je lu d'ouvrages de la bibliothèque d'oncle Alexandre ! Assise sur mon fauteuil, les pieds posés sur le rebord de fenêtre, en admirant le lac entre deux chapitres. Si mon frère l'accepte, après l'envoi de toutes les photos, je lui proposerai un contact WhatsApp… J'aimerais lui raconter en détail mes impressions de la visite. D'ailleurs, il me sera sans doute possible de faire quelques vidéos des lieux, je suis certaine que les propriétaires accepteront.

Aymy

Un dernier mot avant la nuit : en définitive, notre intrusion sans autorisation dans ce jardin des souvenirs, s'est transformée en sauvetage ! Et de fautives clandestines sans autorisation, nous sommes passées au statut d'héroïnes du jour. La vie est imprévisible !

La police nous a félicitées vivement pour notre sang-froid et nos actions… Colombe a été particulièrement complimentée pour son acrobatie et son courage. La police nous a appris que ces cambrioleurs avaient visité plusieurs villas des communes voisines, sans pouvoir être arrêtés. On peut dire que cette avant-première à Évian aura fait couler beaucoup d'encre sur ce carnet de voyage !

Oui, comme le disait Roseline, à nos âges de telles journées ne laissent pas sans fatigue. Pourtant, comme nous les septuagénaires, Colombe et Albane ont aussi besoin de repos ce soir : chacune de nous a envie de se coucher tôt ! Du coup, nous avons prié ensemble ici même. Demain, nous passerons visiter l'église puisque notre séance thermale, prévue en matinée, nous empêchera de participer à l'office. Le pique-nique est prêt pour demain (des sandwichs et pour la boisson, ce sera l'eau de la source Cachat !…): le programme sera bien rempli et notre prendrons le train à 18 h 21, avec un seul changement à

Bellegarde. Arrivée à Lyon : 21 h 22, une heure raisonnable pour celles qui travaillent lundi matin. En ce pays de Saint François de Sales et de Sainte Jeanne de Chantal, j'imagine qu'il doit y avoir des ornements en leur mémoire dans l'église. Leurs écrits spirituels ont été de vraies sources pour le Couvent des Cyprès. Il me revient ces phrases de François de Sales : *Le monde est né de l'amour, il est soutenu par l'amour, il va vers l'amour et il entre dans l'amour* ou encore *Soyez patients avec tout le monde, mais surtout avec vous-mêmes.* Ce sera le point final de cette inconcevable journée !

Roseline

Plus de vent ce matin ! Je suis dans le hall de l'espace thermal où, toutes les quatre, nous attendons l'arrivée des autres candidats pour l'ouverture-découverte (le dimanche, d'habitude, c'est fermé) : Aymy, qui ne perd pas le nord, m'a donné le carnet !

Elle propose à Colombe de choisir un chandail floqué au logo de la station présenté dans le hall ; sa veste fourrée en plumes n'a pas pu sécher correctement et, après avoir rendu en passant ce matin près du lac les vêtements au généreux navigateur, elle n'est pas très chaudement vêtue. Hier, aucune n'a pensé à placer dans le sauna du VVF les habits trempés ! Cela aurait été un séchoir idéal ! Ma propre veste, en matière différente, s'est contentée du radiateur et j'ai pu l'enfiler sans problème. Colombe ne veut pas faire de dépenses mais nous passerons toute la journée à l'extérieur et, même sans vent, nous sommes quand même en février. Je pense qu'à notre prochain voyage, nous prendrons un peu plus de vêtements dans nos bagages avec cette première expérience pleine d'imprévus !

Les hôtesses d'accueil, vêtues de chemisiers bleu et blanc à fines rayures et de pantalons bleu marine impressionnent par leur élégance et leur gentillesse. Elles nous font signe de nous regrouper…

Aymy

J'ai récupéré le carnet et le fais suivre dans le cabas en plastique que l'établissement fournit. Me voilà au sein d'une belle salle d'attente en sous-sol avec la tenue d'une parfaite curiste. J'attends mon tour pour une séance de « cryothérapie » de trois minutes. Dans le fameux « pass-découverte » acheté au directeur, c'est le soin le plus cher, pourtant aucune de mes sœurs n'a eu envie d'essayer ! Je ne comprends que trop Roseline et Colombe après leurs expériences glacées dans le lac. Je me suis dévouée… intriguée et amusée à la perspective d'une telle expérience : Évian nous aura réservé bien des surprises !

Une hôtesse de l'accueil m'a fait remplir un questionnaire préalable pour attester ma bonne santé. Cela a été une formalité avec le check-up médical bien involontaire que j'ai subi récemment[5]. Dans ce lieu clair et spacieux, nous ne sommes que deux à patienter : tout est magnifiquement orchestré et chronométré à la minute près pour les passages. Vers les vestiaires, où les agents de soins nous ont emmenées, enveloppées de leurs voix empreintes de prévenance avec des accents de douceur, nous avons reconnu des personnes croisées à l'Hôtel Royal ! Une fois tout le monde en peignoirs blancs (dans un tissu d'éponge très épais) avec les chaussons blancs fournis, on n'identifie plus personne ! L'uniforme thermal abolit les classes sociales, c'est une bonne chose !

J'avoue que ces fameux peignoirs nous arrangent bien ; avec nos maillots excentriques, nous nous fondons dans la masse... On m'appelle, c'est mon tour !

Colombe

Assise sur un banc de l'église que nous venons de visiter, Aymy me propose d'écrire quelques mots avant de nous mettre en route pour chez oncle Alexandre (je m'exprime comme si j'allais lui rendre visite !). La très agréable séance thermale nous a ouvert l'appétit et nous avons pique-niqué dès la sortie, prenant de l'avance sur notre programme.

---

[5] Voir le roman : Le Temps d'Exister

Ensuite, j'ai guidé mes sœurs dans la ville ; elles ont pu voir la façade luxueuse du casino, la belle villa Lumière qui abrite une exposition de peintres, le départ du funiculaire (qui ne fonctionne pas en cette saison) et d'autres particularités d'Évian. Faute de funiculaire, nous sommes donc montées à pied (la pente nous a assoiffées !) jusqu'à la source Cachat où nous avons bu et rempli nos gourdes. J'ai retrouvé, dès la première gorgée, le « goût » familier de l'eau d'Évian, caractérisée par une grande douceur.

Oncle Alexandre nous transportait ici régulièrement dans sa belle voiture avec plusieurs bouteilles pour les rapporter sur une étagère de la cuisine, confectionnée à cet effet. C'était une sortie rituelle que nous aimions. À l'époque, enfant, je trouvais que tout était « normal » et naturel : l'architecture avec ses courbes de bois harmonieuses de la buvette Cachat, la vue à couper le souffle sur la ville, le lac et les montagnes… Maintenant que je revois toutes ces merveilles, je me rends compte du privilège de ces vacances passées dans ce cadre d'exception. Mes trois sœurs m'attendent, nous partons ! Alléluia !

Chapitre VIII

Aymy

18 h 25 : nous voici dans le train du retour ! Assises ensemble dans un espace avec quatre sièges et muni d'une table : parfait pour écrire. J'imagine qu'en ce dimanche soir, des étudiants doivent rejoindre Lyon et le train va se remplir dans les gares suivantes.

Nous roulons depuis plusieurs minutes, il fait déjà nuit : nous ne disposerons pas de l'agrément des paysages comme à l'aller, ce qui sera certainement compensé par un voyage plus rapide ! C'est à espérer ! Roseline s'est assoupie ; ces deux jours ont été denses. Albane trace sur un cahier des plans pour ses futurs cours aux étudiants de l'école d'architecture de Lyon ; Évian l'a inspirée ! Quant à Colombe, elle trie avec bonheur sur son téléphone les multiples photos de la villa, qu'elle veut adresser soigneusement annotées à son frère.

C'est le moment pour moi de retracer nos dernières heures sur ce carnet :

Tout d'abord, la séance aux thermes ce matin ! Mes sœurs ont apprécié la piscine d'eau thermale bien chauffée et sans aucune odeur de chlore, d'une densité et couleur particulières, agrémentée d'éclairages savamment étudiés. Notre Roseline se trouvait en compagnie de personnes de l'hôtel Royal qui l'avaient reconnue ! La pauvre avait demandé à Colombe de faire un nœud à chacune de ses bretelles de maillot de bain XXL... échaudée par son expérience au VVF. Elle m'a précisé qu'elle prenait soin de rester complètement immergée pour ne laisser dépasser que sa tête de l'eau ! Roseline a attendu que le bassin soit presque désert, pour s'asseoir dans le spa attenant, dont le jet à grande largeur et haute pression procure un massage particulièrement relaxant pour l'ensemble du dos ; elle maintenait son maillot trop large à deux mains !

J'ai testé moi-même ce dispositif procurant un grand bien-être, évitant les saunas et hammams où Colombe et Albane s'attardaient plaisamment. Après cette fameuse cryothérapie, je voulais éviter le choc des températures, à mon âge, il ne faut pas non plus tenter le diable !

Les fameuses trois minutes passées dans le caisson cylindrique de cryothérapie, la tête à l'air libre, les pieds à l'abri de chaussettes et les mains protégées par des gants, se sont révélées une expérience assez singulière ! La charmante et jeune personne responsable de l'appareil, seule avec moi dans la petite pièce, me parlait sans discontinuer en me posant des questions tous azimuts... afin de prévenir l'angoisse de claustrophobie et vérifier que je supportais bien la descente en température ! J'avoue que pendant la dernière minute, l'acuité de la morsure du froid s'est accrue : la sensation sur la peau, nouvelle et inconnue, m'obligeait à marcher sur place. À la sortie, la jeune femme m'a drapée dans un peignoir et m'a accompagnée jusqu'à une salle de repos avec couchettes et boissons chaudes à disposition, m'expliquant qu'il était nécessaire de prendre un temps après ce traitement (« de choc » !) qui aura sûrement réveillé toutes mes cellules ! La liste des bienfaits est multiple et je ne doute pas de rajeunir de dix ans après cette « chère » séance ! Allongée dans la lumière tamisée avec la senteur d'huiles essentielles, je serais bien restée cependant, je me suis extraite de cette ambiance relaxante pour séjourner un bon moment dans la piscine thermale et le bain bouillonnant à la chaude température. Le contraste avec la cryothérapie en soulignait le climat bienfaisant.

En fin de matinée, nous sommes ressorties des thermes toutes les quatre en pleine forme ! Sans nous attarder, nous avons mangé nos sandwichs sur un banc pour profiter de la visite guidée des monuments remarquables d'Évian, grâce à Colombe. Ce moment nous a procuré un plaisir raffiné, nous avons abouti à la fameuse source de la douce eau d'Évian : un lieu admirable, chargé d'histoire, qui domine la ville. Quand on pense que nous devons cette merveille de vertus à une promenade du Marquis de Lessert en 1789 (une autre révolution plus pacifique !) ; il eut soif et se désaltéra à la fontaine Sainte-Catherine, située sous la clôture d'un certain monsieur Cachat ! Le marquis auvergnat apprécia la légèreté de cette eau et se mit à en boire régulièrement. Au fil du temps, lui qui souffrait de maux de foie et de reins, se vit soulagé. Les médecins s'emparèrent de son témoignage enthousiaste pour prescrire l'eau à leurs patients, qui bientôt ne se contentèrent plus de vouloir la boire mais voulurent s'y baigner. Ce sont les couches géologiques des Alpes dans lesquels l'eau transite qui permet un mélange unique de minéraux et d'oligo-éléments.

De là-haut, où se trouvent les sources qui dominent Évian, la vue sur le lac paraissait encore différente aujourd'hui, avec des variations de ciel et de couleur... Splendide !

Ensuite, Colombe nous a fait traverser la rue piétonnière et nous sommes arrivées à l'église, sobre et massive, un peu sombre à mon goût mais avec de magnifiques vitraux et sculptures. Les deux saints savoyards y figurent en effet en bonne place. Je me souviens qu'en ce début du XVIe siècle Jeanne de Chantal fit ériger plus de quatre-vingts monastères ! Est-ce sa précieuse phrase qui a fait sa fécondité ? *Mon cœur ne trouve point de repos hors des bras et du sein de cette céleste Providence, ma vraie mère, ma force et mon rempart.* C'est dans l'Ordre de la Visitation qu'elle fonda avec François de Sales, que devait vivre deux générations plus tard, la célèbre mystique Marguerite-Marie Alacoque (ce nom m'a toujours amusée !) dans son couvent bourguignon de Paray-le-Monial. Elle perçut Jésus lui montrant son cœur et lui disant : *Voici ce cœur qui a tant aimé les Hommes...* Ce qui nous permet aujourd'hui encore de nous sentir proches de ce Sacré-Cœur… Quant à moi, sans être mystique, (je n'ai rien vu ni rien entendu !) ce moment de recueillement et de silence dans l'église m'a autant rechargé l'âme que la séance thermale m'a reconstitué le corps ! Ce n'est pas peu dire !

Revenons au présent : le train est complet après le changement à Bellegarde et beaucoup de nouveaux passagers… Tiens ? ! On dirait que j'ai aperçu furtivement le dos de notre « géant philosophe » du cinéma, il s'est faufilé dans un autre wagon sans que je puisse l'interpeller. Il n'y a plus aucune place de libre. D'ailleurs, était-ce bien lui ?

Avant de refermer ce carnet, quelques mots sur la tant attendue visite de la « villa de Colombe » : elle a duré plus de deux heures ! Le couple propriétaire, parents de jeunes enfants, en a hérité d'un parent et n'a pas beaucoup transformé l'intérieur. Colombe s'en est donné à cœur joie pour photographier bon nombre de souvenirs. Il restait certains meubles de son oncle, vendus avec la maison. Les caves demeuraient intactes, immenses ! Le grenier où Colombe et son frère jouaient était fidèle à sa mémoire avec ses trésors dont des déguisements anciens contenus dans une malle. Trop heureux d'avoir évité d'être dépouillé de ses objets d'art, le couple de la villa nous a glissé une enveloppe au moment de notre départ, faisant fi de nos protestations : somme toute, notre escapade à Évian n'aura rien eu d'un gouffre financier (mon onéreuse séance de cryothérapie aura été remboursée ☺), Deo Gratias !

Pour le programme à venir, ce mercredi soir, une avant-première est prévue au cinéma de la Part-Dieu à Lyon ; quelle facilité pour nous ! Les journaux l'ont annoncée dès la semaine dernière. J'aurai la joie d'être au rendez-vous avec Roseline, nos soignantes Isabelle et Lydie disponibles, cette fois-ci, et Sophie. Colombe et Albane se réservent pour samedi prochain où nous devrons à nouveau nous déplacer. Ce carnet va se remplir de nouvelles expériences… À la bonne heure !

Chapitre IX

Aymy

Les articles de presse des différentes villes traversées compléteront ce carnet. Reçu plusieurs aujourd'hui, par mail, de la part de Franck J. intitulés : « Émouvante confession d'un producteur », « Un film pas ordinaire choisit Évian pour se dévoiler », « Franck Joulin signe un chef-d'œuvre ».

Tout cela paraît bien exagéré… et ne flatte pas mon ego, je me connais tellement en profondeur ! D'ailleurs, comme dit Paul aux Corinthiens : *Qu'avez-vous que vous n'ayez reçu ?* Néanmoins, si ce film peut faire du bien à certains, c'est tout l'essentiel de notre démarche. Je soupçonne d'ailleurs notre cher Franck de faire un tri dans les critiques et de ne m'envoyer que les positives ! Cela tombe bien, j'aime à me protéger du négatif.

Sophie

En ce jeudi, après le bon déjeuner concocté par Roseline (cordon-bleu de la maison des Glycines aujourd'hui), j'ai quelques minutes avant de reprendre la classe avec les petits. Mon collègue Emmanuel est sorti déjeuner à l'extérieur. D'habitude, le jeudi, nous profitons du temps de pause pour coordonner les activités de nos deux classes. Nous aimons mêler les niveaux pour partager des projets : un groupe de plusieurs d'élèves d'âges différents, c'est toujours une richesse en pédagogie et en expérience humaine.

L'avant-première d'hier soir au cinéma de Lyon à la Part-Dieu m'a propulsée dans un monde que je connais très peu ! Pendant la séance de photos avec les journalistes de presse, Franck Joulin a tenté de me mettre à l'aise par quelques plaisanteries ; il voyait que je n'étais pas très détendue ! La salle m'a paru tellement grande et, bien qu'elle ne soit pas complètement pleine, se trouver sur la scène face à tout ce monde... Impressionnant ! Plusieurs personnes ne sont pas restées pour le temps des questions après le film, cela m'a un peu déçue... mais les Lyonnais sont toujours très occupés, surtout en semaine. De plus, j'imagine que le thème du film aura certainement dérouté plus d'un spectateur. En me regardant sur grand écran, je ressentais comme un léger syndrome de l'imposteur : Aymy m'a tranquillisée en soulignant qu'il fallait vraiment considérer ce film comme un documentaire réaliste de témoignages.

J'avais préparé quelques notes… au cas où. Cela me rassurait. Nous avons eu des questions sur le fonctionnement de notre école à deux classes qui apparaissaient bien dans le film. Les moments de « bons mots » des enfants avec leurs visages innocents ont fait rire la salle ! J'ai expliqué les valeurs pédagogiques que m'ont inspiré l'expérience et des références de la méthode Montessori intégrées au programme scolaire classique. Plusieurs spectateurs (jeunes parents) ont rebondi sur mes propos… Je me demande si nous n'allons pas devoir ouvrir une troisième classe l'année prochaine ! ☺ Ce n'est pas le but recherché ; cependant, je m'aperçois que ce film attire sur le volet « école » de notre vie !

Roseline, placée à côté de moi, m'a donné le micro quand quelqu'un a souligné l'incohérence chrétienne de notre croyance en un Dieu tout Amour avec l'état du monde, les guerres, les méchancetés… Là, j'ai regardé mes fiches ! J'avais recopié quelques textes… et j'ai cité Paul Claudel : *Dieu n'est pas venu supprimer la souffrance. Il n'est même pas venu l'expliquer, mais il venu la remplir de sa présence.*

Aymy m'a fait signe (il paraît qu'à Évian, il y avait eu la même interrogation), elle a voulu compléter en disant qu'elle avait lu récemment un livre de Michael Lonsdale, le comédien mort en 2020, qui écrivait que, par moments, il hurlait vers Dieu : *C'est intolérable ce qui se passe ! Fais quelque chose ! Mets-y fin !* Et qu'il poursuivait en écrivant : *Mais Il n'en a pas le pouvoir. C'est ce que dit Maurice Zundel quand il parle de l'impuissance de Dieu. Il ne peut pas, sinon Il le ferait, Il n'a que l'amour, c'est tout, c'est Sa force. Son argument, Sa nécessité.*

L'impuissance de Dieu, une sacrée question… Aymy a ajouté que la paix dans le monde dépend de nous et que nous sommes les mains de Dieu pour soulager les souffrances, celles qui sont près de nous. J'ai trouvé qu'Aymy avait eu une bonne idée en mentionnant la scène du *Lavement des pieds des disciples par Jésus* (uniquement raconté dans l'Évangile de Jean au chapitre 13). Ensuite, Aymy a évidemment fait suivre le micro à Lydie et Isabelle qui ont abordé leur rôle de soignantes à l'hôpital, en butte à de nombreux mystères face à la vie si éprouvée de certains et l'importance primordiale d'un entourage aimant, en plus des soins, quand une personne souffre.

La soirée n'a pas été très longue ; Franck Joulin devait repartir tôt. Il a eu l'idée de donner une adresse courriel de la société de production pour ceux qui se sentaient frustrés de n'avoir pu intervenir, en précisant qu'il transmettrait aux actrices (le nom m'a fait rire : *On n'a rien* joué du tout !), en cas de besoin. Plusieurs personnes se sont dites intéressées et voulaient en savoir plus la conversion au christianisme du producteur : son récit était très émouvant.

En sortant, Aymy et Roseline ont été arrêtées par un jeune spectateur qui était déjà à Évian (motivé pour venir voir deux fois ce film !) Oh... l'heure tourne ! Je descends vite dans ma classe !

Aymy

J'ajoute un mot avant d'aller faire un tour à la résidence des Lilas Blancs[6].

Hier soir, j'ai vécu cette soirée cinéma lyonnaise avec moins d'intensité que celle d'Évian. Un rien plus anonyme et moins chaleureuse ; il y avait un « je-ne-sais-quoi » de plus « plat », dirai-je. Il est vrai que Franck Joulin n'avait pas sa troupe d'amis et que la grande salle rendait l'atmosphère moins intime. Au premier rang où nos places étaient réservées, je me suis assise sur le bord pour pouvoir m'éclipser dès que la salle était plongée dans le noir ! Ainsi, j'ai pu m'évader un certain temps dans le hall d'accueil pendant la projection du film... pour ne pas avoir à le revoir ! Mon ego ne m'y porte pas !

---

[6] Voir le roman : Le Journal de Sœur Aymy

Pendant ce moment d'échappée, il m'est arrivé encore un drôle d'épisode, décidément ! J'avais choisi un siège à l'écart dans le hall pour pouvoir lire tranquillement un livre de François Varillon. Je voulais approfondir le thème de l'humilité de Dieu avec ce jésuite qui écrivait avec tant de profondeur : *Quand j'essaie d'imaginer Dieu, je Le vois en prière devant moi.* Et pour ne risquer aucun impair, prudente, j'avais programmé une alarme sur mon téléphone avant l'heure de la fin du film !

Je lisais, absorbée, quand j'ai perçu une présence sur le siège d'à côté et un léger toussotement. Un peu mécaniquement, j'ai levé la tête et souri à un homme qui devait avoir mon âge et qui me regardait avec une certaine gêne, m'a-t-il semblé. Mon sourire l'a-t-il encouragé ? Il s'est lancé d'un ton presque joyeux :

— Bonsoir, je ne suis absolument pas déçu, croyez-le bien !

J'ai eu un moment de flottement... Passer de l'humilité de Dieu à cette phrase énigmatique d'un inconnu, avais-je bien entendu ? J'ai balbutié :

— Pardon ?

— Je vous assure, même sans photo, j'ai été impressionné par vos mots et vous êtes... charmante... je... je...

L'homme, que je regardais avec des yeux sans doute très interrogatifs et un sourire disparu, a coupé sa phrase, se reprenant, s'éclaircissant la voix :

— Vous… vous… êtes bien… Isis69 ?

Là… il m'a fallu toute l'expérience d'une vie de maîtrise de soi pour ne pas éclater de rire ! Je comprenais la méprise, d'un seul coup ! Cependant, devant la physionomie inquiète de mon interlocuteur (un homme de taille moyenne, chauve aux yeux marron, en costume sans cravate), devant ce visage tendu et plein d'espoir, je me suis refrénée ! Mon Dieu ! Avec tout le tact possible, j'ai délicatement prononcé une phrase de transition avant de me présenter, montrant du doigt au loin l'affiche du film « Sœurs de Vie »… Je pense que, s'il avait pu, mon interlocuteur serait rentré sous terre à l'instant même !

— Je… je… suis absolument désolé… un contact sur un site internet très sérieux m'a donné rendez-vous ici même, à cette heure exacte… j'ai cru que… que…

Pour dissiper la gêne et le trouble - le pauvre monsieur s'était levé soudainement et pressait nerveusement ses mains l'une contre l'autre - j'ai repris d'un ton uni la conversation, en le priant de s'asseoir, souriante. D'un ton spontané, je l'ai invité à m'accompagner pour assister au moment des questions du public, lui expliquant la démarche de Franck Joulin. À mon grand étonnement, l'homme s'est rassis, écoutant avec attention. Il m'a confié sa solitude et m'a parlé de ses croyances... avec confiance.

L'entretien se prolongeait, intéressant et profond, quand j'ai soudain entendu mon alarme ! Seigneur ! Avec cette histoire d'Isis69, je n'avais pas surveillé ma montre ! Une envie pressante me commandait de faire un détour aux toilettes avant de me rendre au cinéma, ce dont j'ai informé mon interlocuteur d'un ton qui se voulait naturel. Le monsieur m'a répondu qu'il m'attendrait. Nous nous sommes dirigés vers la porte qui donnait accès aux WC et là, un groupe barrait le passage : de nombreux couples, assez bruyants, dans des tenues les plus diverses. J'attendais qu'ils se déplacent pour me laisser accéder aux lieux, quand une femme, aux talons impressionnants près d'un homme élégant m'a apostrophée :

— Et vous, Madame, que fait votre mari ?

Alors là... C'était la soirée !! La séduisante dame montrait du menton mon infortunée rencontre, qui, par correction, se tenait de dos en patientant. Il m'a fallu redire mon couplet en accéléré pour éclaircir la situation, accentuant pour terminer, que chaque personne à une existence personnelle et ne se définit pas par le métier de son conjoint ! À notre époque et comme entrée en matière, la question m'a paru si inappropriée ! Décontenancée, mon interlocutrice a prononcé quelques excuses, expliquant que ce groupe était un club qui se réunissait régulièrement avec de nouveaux arrivés. Je me suis faufilée en approuvant de la tête avec un vague sourire, un rien contraint, je l'avoue… Voyant le temps avancer !

Lorsque Bertrand (c'était son prénom !) et moi sommes arrivés dans la salle obscure, elle s'est à nouveau subitement éclairée quand Franck Joulin, sur la scène, prononçait ces mots :

— Sœur Aymy, la responsable de la maison des Glycines de Lyon, ne va pas tarder à nous rejoindre… Tiens ! La voilà !

Et j'ai descendu aussi dignement que possible les marches (qui n'étaient pas celles de Cannes !) dans ma sobre tenue bleu marine (n'avez-vous jamais remarqué que, dans ces circonstances, plus on vous regarde, plus vous risquez de perdre l'équilibre ?), suivie de Bertrand à qui j'ai désigné mon siège, sous les yeux scrutateurs de tous les spectateurs ! Moi qui aime la discrétion, j'en prenais pour mon grade !

Voilà où m'a menée le thème de l'humilité ! ☺J'en ris encore !

Et le plus surprenant… c'est que ce malheureux Bertrand, à défaut d'avoir rencontré Isis69, la femme de sa vie, s'est déclaré enchanté de sa fin de soirée, promettant d'aller voir le film ! Je l'ai informé de la démarche de nos sœurs de Mérincourt qui organisent des week-ends pour célibataires[7] (on ne sait jamais !).

Enfin, à la sortie, notre jeune géant à lunettes d'Évian nous attendait, fidèle... mais seul, ses amis avaient dû repartir, nous a-t-il dit. Il n'avait pas réclamé le micro ce soir et il n'était pas assis au premier rang si bien que je ne l'avais pas remarqué. Je lui ai demandé son prénom - Arthur - et s'il était étudiant en philosophie, il m'a répondu que oui ! Ce qu'il voulait, c'était une autre photo pour son compte « Insta » ! Il a tendu son téléphone à Sophie et s'est placé entre moi et Roseline en nous posant chacune une main sur le cou ; j'ai trouvé ce geste un peu familier, sans doute encore un jugement inapproprié pour un « fan », les codes et les couleurs... Être vedette de cinéma demande quelque ajustement ☺ !

Au retour, dans le métro qui nous ramenait à Bellecour, si j'avais réussi à maintenir une mine grave devant la déception du pauvre Bertrand, ce fut une tout autre ambiance : avec mes sœurs, nous avons pris un sérieux fou rire ! Celles-ci s'étaient interrogées sur qui pouvait bien être cet homme marchant sur mes talons à qui j'avais offert mon siège ! De surcroît, elles m'ont félicitée, en se moquant gentiment, de n'avoir « pas déçu » Bertrand ! Ce à quoi j'ai répliqué, qu'à mon âge, sans être

---

[7] Voir le roman : Le Temps d'Exister

jeune et jolie, on pouvait me trouver fort sympathique ! Que cela fait du bien de retrouver des ambiances des temps du collège : je croisais les regards amusés des autres passagers de la rame, nous voyant rire de si bon cœur.

Samedi, nous partons pour Mâcon ! Et là, Christine, Servane et Anaïs de Mérincourt nous rejoindront par le TGV. Ce carnet va connaître de nouvelles écritures !

Chapitre X

Colombe

Quelques mots lors d'une pause en station-service de l'autoroute sur le trajet pour Mâcon : plein de carburant et de boissons chaudes. Le temps est glacial ! Heureusement, ni verglas ni neige. Pour l'avant-première de ce samedi soir, nous nous déplaçons en voiture avec la Clio d'Isabelle et la 4 L d'Aymy, bien que nous ne soyons que quatre, comme pour Évian (Albane, Roseline, Aymy et moi) ; les véhicules serviront à emmener nos trois sœurs de Mérincourt. En effet, nous serons hébergées à Taizé et Christine, Servane et Anaïs se déplacent en TGV. Cette communauté œcuménique de Taizé qui nous accueille au cœur de la Bourgogne se trouve à une quarantaine de minutes de Mâcon. Ce sera une occasion de revoir quelques amies et amis. Je me réjouis d'y vivre un temps de prière commun : les magnifiques offices de Taizé font frissonner ; leurs chants polyphoniques sont exceptionnels ! À chaque occasion de joie collective, au Couvent des Cyprès, nous reprenons le fameux « Laudate Dominum » composé par Jacques Berthier, organiste et compositeur de talent. J'en profiterai pour me procurer les partitions des derniers chants en usage. Nous repartons !

Christine

Je suis une « couche-tard » et sœur Aymy, qui s'en souvient bien, m'a glissé ce carnet de voyage dans les mains avant d'aller dormir !

Bien installées à Taizé, après avoir salué les sœurs de Saint André à Ameugny, nous avions une bonne avance. Sur la route pour Mâcon, du brouillard ; Aymy et Isabelle n'ont pas fait d'excès de vitesse. Nous avons pu rejoindre l'avant-première au cinéma sans retard. Elle s'est déroulée dans un complexe de onze salles aux fauteuils rouges ; le film passait dans la plus grande, quatre cent vingt places ! Franck Joulin était attendu, les réservations en ligne avaient suffi et plus un seul siège n'était libre !

Inutile de dire que tout cela était très nouveau pour moi et, pendant la projection, je me suis demandé ce que serait la séance de questions ! Aymy, Roseline, Albane et

Colombe nous avaient raconté dans les voitures leurs deux précédentes expériences, mais Anaïs, Servane et moi n'en menions pas large… Voir sur cet écran géant notre vie se dérouler à Mérincourt et Lyon, c'était plutôt curieux ! À plus de cinquante-cinq ans, il n'est pas banal de passer de l'ombre à la lumière !

Servane (notre coiffeuse attitrée de Mérincourt) nous avait proposé un « ravalement de façade » pour chacune de nous trois ce matin afin de nous présenter sous notre meilleur jour ! Elle avait même insisté pour nous poudrer très légèrement le visage car les lumières augmentent les défauts, nous a-t-elle affirmé avec conviction ! Nous nous sommes laissé convaincre, sur cette fameuse scène, paraître décrépies n'aurait pas été du meilleur goût ! Même Aymy et Roseline ont consenti à se faire apprêter par Servane avant de repartir de Taizé. Un argument de poids : nous sommes là pour le « Roi des Rois » (ce nom donné à Jésus-Christ dans le dernier livre de la bible, l'Apocalypse de Jean) ☺, ce n'est pas rien !

Franck Joulin m'a impressionnée en passionnant l'auditoire de sa singulière histoire personnelle. Nous étions installées sur la scène comme des stars : une jeune femme tout de noir vêtue a pris nos manteaux pour les déposer en coulisse, nous apportant un verre d'eau avant de s'éclipser discrètement.

Les fameuses interactions avec le public : Aymy m'a proposé de répondre à un spectateur du fond de la salle qui demandait si, avec nos activités extérieures, nous n'avions pas des tentations d'une autre vie... plus « libre », ce fut son adjectif ! « Ma foi, ai-je répondu, rien ne nous empêche de partir quand bon nous semble si cette vie ne nous convient pas ! ». J'ai poursuivi en relatant un souvenir plutôt parlant. Notre fondatrice Aude Langin s'exprimait en ces termes face à une postulante, sans doute mécontente, qui « menaçait » de s'en aller : « Pas de problème, ta deux-chevaux est dans la cour ! ». J'ai complété avec quelques idées un peu plus profondes sur la liberté dans la fidélité car il est évident que nous ne nageons pas chaque jour en pleine extase mystique ! Vaste sujet...

Et puis... et puis... je n'ai pas pu m'empêcher alors qu'un auditeur s'emberlificotait dans des questions sans fin sur Dieu, l'homme, le doute, la création, la prière... de me lever dans une soudaine impulsion, et en contournant la table, je me suis campée devant le public ! Comme si j'étais dans la salle à manger de Mérincourt devant nos convives du dimanche, j'ai raconté le sketch de Raymond Devos (mes sœurs savent que j'en connais un certain nombre par cœur... Il est tellement drôle et plein de sens !). C'eût été dommage de s'en priver ! Implorant l'Esprit Saint de se charger de me donner le bon ton, j'ai déclamé, gestes à l'appui :

— *J'ai lu quelque part : « Dieu existe, je l'ai rencontré ! » Ça alors ! Ça m'étonne ! Que Dieu existe, la question ne se pose pas ! Mais que quelqu'un l'ait rencontré avant moi, voilà qui me surprend ! Parce que j'ai eu le privilège de rencontrer Dieu juste à un moment où je doutais de Lui ! Dans un petit village de Lozère abandonné des hommes, il n'y avait plus personne. Et en passant devant la vieille église, poussé par je ne sais quel instinct, je suis entré... Et là, j'ai été ébloui, par une lumière intense... insoutenable !*

(Mon auditoire était suspendu, je voyais tant de regards me fixer que j'ai continué en regardant un pilier pour ne pas me laisser déconcentrer ! C'était une autre dimension que notre salle de Mérincourt !)

C'était Dieu... Dieu en personne, Dieu qui priait ! Je me suis dit : Qui prie-t-il ? Il ne se prie pas lui-même ? Pas lui ? Pas Dieu ? Non ! Il priait l'homme ! Il me priait, moi ! Il doutait de moi comme j'avais douté de lui ! Il disait :

— Ô homme ! Si tu existes, un signe de toi !

J'ai dit : Mon Dieu je suis là ! Il a dit : Miracle ! Une apparition humaine ! Je lui ai dit : Mais, mon Dieu... Comment pouvez-vous douter de l'existence de l'homme, puisque c'est vous qui l'avez créé ? Il m'a dit : Oui... Mais il y a si longtemps que je n'en ai pas vu à l'église... que je me demandais si ce n'était pas une vue de l'esprit ! Je lui ai dit : Vous voilà rassuré, mon Dieu ! Il m'a dit : Oui ! Je vais pouvoir leur dire là-haut : « L'homme existe, je l'ai rencontré ! »

Et regardant le spectateur si tourmenté, j'ai conclu avec un bon sourire :

— Voilà, Monsieur, c'était pour vous !

Des applaudissements nourris ont suivi... j'ai pensé que Servane avait eu une bonne idée de me faire un brushing ce matin ! Exposée ainsi sous les projecteurs, c'était plus présentable ! Le public aura probablement compris que nous ne sommes pas des êtres vaporeux, confits en dévotion et que nous aimons rire !

Lorsque je me suis réinstallée, l'émotion encore à fleur de peau après cette intervention imprévue (mon rythme cardiaque a mis un peu de temps à s'apaiser), Aymy m'a soufflé et cela m'a confortée :

— C'était parfait ! Bien mieux que de longs discours !

Dans le public, d'autres mains se levaient et Franck Joulin s'apprêtait à faire suivre le micro quand une brutale panne d'électricité nous a plongés dans un noir relatif ! Il subsistait des petites lumières sous les escaliers et les annonces vertes des sorties de secours mais les micros ne fonctionnaient plus !

Un homme d'une quarantaine d'années est arrivé avec une lampe puissante pour nous éclairer et a demandé que chacun reste à sa place, dans le calme ; la panne allait être sûrement réparée dans les minutes qui suivraient. Nous pouvions continuer en parlant fort... Franck Joulin est revenu vers nous, il a demandé à Servane de parler de ses activités auprès des enfants à Mérincourt. Peu de temps après, l'électricité était rétablie !

Nous avons eu droit aux excuses du responsable, disant qu'il était très rare d'avoir ce genre d'ennui et la soirée a pu reprendre. À la fin, après le départ des spectateurs, les salutations ont traîné en longueur avec un apéritif servi dans une salle attenante ; Franck Joulin avait convié les officiels, les journalistes etc.

Il est presque deux heures du matin ! Il faut que je me couche, extinction des feux !

Chapitre XI

Servane

Ce matin, j'ai un peu d'avance avant la prière dans la chapelle de Taizé : quelques mots sur ce beau carnet pour montrer mon écriture ☺. Je ne vais pas faire de longs discours. Hier soir, l'avant-première... très intimidante ! J'ai compris que ma place n'est pas dans le show bizness ! Et cela m'a fortifiée dans ma vocation, toute simple, auprès des enfants de Mérincourt. Tout ce monde, toutes ces lumières et ces discussions à tenir pendant l'apéritif : très peu pour moi ! Si être filmée ne m'avait pas trop dérangée, assurer la promotion du film, c'est autre chose ! Heureusement, je n'étais pas seule et mes sœurs ont assumé avec brio. Christine a détendu l'atmosphère avec son sketch et, même si je le connaissais, j'ai trouvé qu'à cet instant, il apportait vraiment du sens pour le public.

Pendant la panne d'électricité, j'avais peur d'un mouvement de panique : la foule qui aurait voulu sortir dans cette obscurité angoissante... Mais cela n'a pas duré. J'ai réussi à sortir quelques phrases sur mes activités auprès des enfants, avec difficulté, je n'ai pas l'aisance de Christine ! Je suis heureuse de revoir Taizé que j'aime beaucoup (un vrai lieu-source pour les jeunes où j'ai fait plusieurs séjours au temps du lycée)... C'est l'heure !

Anaïs

Comme Servane, juste quelques mots ! Ce ne sera pas très original (on va me dire que je copie !), ce que j'ai préféré, c'est bien cette halte à Taizé. Comme artiste peintre, j'ai pu admirer le travail manuel de certains frères de la communauté. Nous avons pu parler art et spiritualité : quelle chance !

La séance au cinéma m'a, comme Servane également (nous avons beaucoup de points communs), donné « trop » d'un coup : lumière, bruit, « papotage de l'apéritif »... Ma vie à Mérincourt dans le silence de mon atelier de peintre et le contraste de cette immense salle remplie m'a saisie : je n'ai plus l'habitude ! Mon corps réagissait (hypersensible que je suis) à ces stimulations innombrables, désagréablement. Cependant, si notre film peut « dire Dieu » à notre petit niveau, cela vaut bien quelque inconfort ponctuel. Savoir que toutes ces personnes se déplacent pour découvrir notre vie, c'est tout à fait touchant. Le positif que j'omettais d'écrire : je suis enchantée de revoir nos sœurs de Lyon, c'est un beau cadeau de vivre ces moments ensemble.

Aymy

Nous voici de retour à Lyon : tout s'est bien passé et le retour, sans brouillard, a été facile. Quelle joie de chanter à Taizé… j'ai encore tous les chants en tête !

Ma boîte mail commence à se remplir de courriels de spectateurs envoyés par Franck Joulin. Toute la correspondance transite par sa société de production : je préfère ! Inutile que nos adresses personnelles se perdent dans la nature. Je m'attelle à répondre dès ce matin afin de ne pas me laisser déborder. Comme le célèbre Ambroise-Marie Carré, célèbre prédicateur de Notre-Dame en son temps, je retiens la phrase presque comme une devise dont il a fait le titre d'un livre « Chaque jour, je commence ». Et quand le souffle manque, j'entends la voix de mon amie Marie-Thé de Mérincourt (qui répète tel un leitmotiv ces deux mots): « On continue ! ».

Les sujets de ces courriers sont divers. Un correspondant voudrait savoir s'il peut nous rencontrer chez nous à Lyon. Dans le doute, je joue la prudence. Les demandes d'autographes et les petites bousculades vécues à Mâcon à la fin du film, m'incitent à répondre avec circonspection. Au fait, notre étudiant en philosophie n'était pas à Mâcon : il ne va quand même pas nous suivre à chaque séance ! Sa publicité sur son fameux « Insta » ne va pas nous attirer que de la discrétion non plus ! J'aurais dû y penser plus tôt.

À bien réfléchir, l'image de nos communautés du Christ-Ressuscité de Mérincourt et Lyon, projetée sur grand écran peut entraîner des confusions psychologiques regrettables ; certains nous prennent pour des vedettes de cinéma, d'autres des gourous capables de répondre à tous leurs problèmes... Une spectatrice de Mâcon a accouru vers moi, s'accrochant à mon bras, persuadée que je possédais des dons de voyance ! Déplaisant sentiment d'un témoignage qui manque sa cible. Je l'ai renvoyée à la lecture des Évangiles, lui disant que le meilleur pour vivre sereinement est de se consacrer à « la minute présente ». Sur cette masse de personnes qui verra le film (nous n'en sommes qu'aux avant-premières !), il peut y avoir tous les profils. Nous risquons d'avoir encore quelques surprises...

On sonne à la porte en bas ! J'y vais !

Incroyable ! Je parlais justement de discrétion et voilà qu'un spectateur (un homme retraité lyonnais) voulait en savoir plus et entrer ! J'ai décliné poliment et donné l'adresse courriel de la production... Il ne s'agit pas d'être assailli par nos admirateurs : je mesure un peu tardivement l'impact des suites d'une exposition médiatique. Mon naturel confiant n'anticipe pas toujours, c'est là un défaut.

Il serait opportun que je donne des consignes claires à mes sœurs. C'est important : je vais téléphoner à Domitille, mon homologue de Mérincourt, pour affirmer avec assurance à nos éventuels futurs curieux visiteurs que nous ne sommes accessibles qu'au moment des avant-premières !

Peut-être qu'une affiche explicite accrochée à notre porte serait utile, surtout ici à Lyon, une si grande ville ! Mon Dieu... restons prudentes et discrètes. Nous nous sommes déjà beaucoup révélées dans le film, il n'est pas question d'en faire plus. Notre vie doit de demeurer paisible, immergée dans la prière et consacrée à nos tâches.

Isabelle

Samedi suivant : départ pour Paris en TGV depuis Lyon. Le carnet est entre mes mains. Nous aurons trois déplacements dans la capitale pour les avant-premières prévues, sans compter les rencontres avec plusieurs médias parisiens ou nationaux (même si Aymy a limité au maximum nos interventions, Franck Joulin tient à ce que la promotion de son film ne reste pas confidentielle). Nous sommes quatre sœurs de Lyon pour la séance de ce soir : Albane, Roseline, Aymy et moi. Lydie travaille aujourd'hui pour remplacer une collègue à l'hôpital. Mérincourt ne participera pas, nous reverrons nos sœurs à la prochaine date. Aymy, pour nous encourager (Paris nous impressionne !) a déclaré qu'elle répondrait aux médias et que nous n'aurions qu'à faire de la figuration et dire quelques petites phrases courtes. Aucune de nous n'est très à l'aise face aux micros. Christine et son « verbe » ne seront pas là pour soutenir la prestation ce soir !

Le TGV n'a aucun retard, nous arrivons bientôt à Paris. Bizarre... des policiers sillonnent les rames, avec un attirail impressionnant. Ils regardent des écrans de tablettes électroniques tout en avançant à petits pas... Cela fait deux fois qu'ils traversent la nôtre...

Je suis assise près d'Albane, Roseline et Aymy sont deux sièges plus loin. Les policiers s'arrêtent près d'elles et les questionnent... La discussion a l'air de s'éterniser ?.... Roseline et Aymy se lèvent en prenant leurs bagages pour suivre les agents !

Aymy s'approche de nous...

Roseline

Situation et lieu proprement hallucinants ! Aymy et moi avons été conduites dans une salle d'interrogatoire non loin de la gare par des policiers ! Sans plus d'explications !!! On nous a escortées dès la sortie du train, nous avons tout juste pu prévenir nos sœurs et passer un coup de fil à Franck Joulin sans succès, il est sur répondeur (il nous avait parlé d'une émission de télévision à laquelle il participait et nous avait dit qu'il n'arriverait qu'à la fin du film ce soir). Téléphones confisqués… et interrogatoire séparé de chacune de nous au programme ! J'ai le carnet en main avec un crayon de papier, je patiente dans un sombre couloir. Dans le train, Aymy a eu le réflexe de le prendre quand Isabelle lui tendait. Nos deux sœurs, les yeux ahuris, nous fixaient sur le quai, d'un air désemparé. Nous avons seulement pu leur dire que nous suivions les agents pour une raison inconnue ! Aymy a encouragé Albane et Isabelle à suivre le programme prévu et leur a donné la réservation de l'hôtel. « Nous nous retrouverons au cinéma », a-t-elle ajouté, sûre que cet invraisemblable épisode n'était une grossière erreur.

Je ne comprends toujours rien à cette « arrestation » ! Aymy est presque sortie de ses gonds (c'est plutôt rare !) et elle a donné le nom de Franck Joulin, la raison de notre venue à Paris et d'autres détails : rien n'y a fait ! Polis et empressés, les agents nous ont offert leur silence pesant pendant tout le trajet ! L'interrogatoire d'Aymy se prolonge… Mais de quoi donc nous soupçonne-t-on ? Je m'inquiète, allons-nous rejoindre à temps le cinéma ?

Chapitre XII

Albane (sur une feuille volante, recto)

Isabelle et moi patientons dans les coulisses du cinéma ! Nous attendons Aymy et Roseline qui n'arrivent toujours pas : impossible de les joindre sur leur téléphone ! À la gare, les voir ainsi escortées de ces policiers m'a serré le cœur. Mais enfin, pourquoi les a-t-on emmenées ? !

Le film a commencé et nous avons demandé à rester à l'écart de la salle jusqu'à la fin. Franck Joulin, lui non plus, ne nous a pas téléphoné : c'est l'angoisse. Nous nous imaginons, seules, toutes les deux à devoir répondre aux questions après la projection !

Nous avons pu trouver l'hôtel et déposer nos affaires avant d'arriver ici, le gérant n'avait aucune nouvelle non plus. Nous prions en essayant de garder notre calme, tout devrait se résoudre et Franck Joulin va nous rejoindre bientôt.

Isabelle (Suite, à l'hôtel)

Eh oui ! Nous avons bien été seules pour l'avant-première ce soir ! Aymy et Roseline sont retenues pour une affaire capitale, paraît-il (l'information que nous avons reçue à leur sujet évoquait une affaire d'espionnage !!!), et Franck Joulin n'a eu aucune autre précision ! Incroyable mais vrai. Dès son arrivée, il a téléphoné partout près de nous dans les coulisses, en faisant patienter le public, très en colère de cette situation incompréhensible... sans résultat !

Pour la soirée, il a pris en main tout ce qu'il pouvait et fait durer le récit de son témoignage mais il a bien fallu assurer la suite... Albane et moi, nous sentions comme des souris prises au piège. Je faisais des phrases courtes pour ne pas me perdre dans mes idées, selon le conseil d'Aymy. Pour les photos avec les journalistes, sourire n'était pas facile dans cette situation d'incertitude et, comme par hasard, les spectateurs curieux n'arrêtaient pas de lever la main pour demander le micro ! Je ne sais même plus ce que j'ai raconté ! La salle parisienne était encore plus grande que celle de Mâcon ! Albane tâchait de meubler en donnant des détails sur tout ce qu'elle trouvait... et elle m'a murmuré de parler lentement. Heureusement, je me souvenais de quelques idées exprimées lors de la précédente avant-première par l'une ou l'autre de nos sœurs. La soirée nous a paru sans fin !

L'inquiétude va nous empêcher de dormir. Nous avons téléphoné à Domitille de Mérincourt. La nuit avance, nous ne pouvons rien faire avant demain. C'est l'attente : nos sœurs ne se sont pas volatilisées pour un imaginaire méfait avec de faux policiers ? !

Aymy (sur le carnet de voyage)

Nuit dans un commissariat après nos deux interrogatoires séparés ! Roseline a dormi dans une autre pièce. Hier, elle m'a donné le carnet en me succédant dans un bureau face à trois enquêteurs ! J'ai vu son visage défait et son air abattu, j'ai tâché de lui faire un clin d'œil pour dédramatiser cette véritable imposture... toujours sans preuve donnée à l'heure qu'il est ! On nous fait mijoter... Avant que l'on nous conduise ici, j'ai passé ce carnet de voyage aux enquêteurs, pensant leur apporter des éléments de notre bonne foi. Un agent l'a vaguement feuilleté avant de me le rendre... il devait penser à un alibi savamment préparé ! Mon Dieu !

Pauvres Albane et Isabelle, j'espère qu'elles auront tenu le coup, seules, face au public ! J'imagine que Franck Joulin va faire ce qu'il faut pour nous sortir de ce bourbier ! Il devait être très contrarié lui aussi !

… Et pourquoi sommes-nous là ? Jamais je n'aurais pu deviner !!! … Ahurissant ! On nous accuse tout bonnement de faire transiter des informations de la NRO !!! (je ne connaissais même pas ce que ce sigle désignait !). Abyssale surprise ! J'ai fini par comprendre que c'était une organisation américaine qui est chargée des satellites de reconnaissance et d'écoute !

Nous aurions colporté des données ultra-confidentielles lors de tous nos déplacements depuis Évian : les policiers ont affirmé nous avoir géolocalisées avec certitude ! Nous aurions été de mèche avec d'autres personnes… ! ? J'ai évoqué un possible piratage de nos téléphones à notre insu (cela me semblait le plus logique) : froidement, un agent au visage imperturbable m'a répondu d'un air entendu :

— Madame, vous savez qu'il ne s'agit pas de vos téléphones.

Devant nos négations en bloc et notre consternation, nos enquêteurs ne nous ont pas lâchées et prévoient de nous donner les attestations de notre implication (en cours d'analyse actuellement, nous ont-ils précisé), dès demain matin !!! Les éléments sont, qui plus est, accablants nous a-t-on affirmé, et il n'était pas possible de nous laisser repartir à l'hôtel ! Nos âges respectables et nos innocentes fonctions n'ont aucunement fait sourciller les agents... Cela devient grave ! Dans quel monde sommes-nous !

….

J'ai bien mal dormi. Cette affaire est totalement incompréhensible, j'y ai réfléchi toute la nuit. Rien ne me vient. Je n'ai pas pu voir Roseline, on doit soi-disant, nous « confondre » dans un interrogatoire commun ! C'est à dormir debout ! Nous voilà dans de beaux draps, ce premier voyage à Paris ne va pas nous laisser un bon souvenir... Rien à voir avec la literie du Royal Hôtel ! Il faut bien essayer d'en rire... Seigneur, ayez pitié de nous !

Isabelle, dimanche, 7 heures

(sur feuille volante verso)

Albane et moi avons décidé de ne pas quitter Paris par le train prévu. Franck Joulin n'a pas voulu nous imposer l'épreuve des interviews avec les médias programmés pour aujourd'hui. Il invoquera un empêchement et ira seul avec deux de ses assistants devant les micros. Nous sommes soulagées, nous nous sentions incapables de nous y rendre. Cette immobilisation par la police de Roseline et Aymy nous préoccupe au plus haut point. Nous téléphonons à Domitille toutes les heures : les policiers l'ont jointe. En l'absence d'Aymy, c'est elle qui assume la responsabilité de chacune. Malheureusement, elle n'a que très peu d'informations et nous n'en savons pas plus, sinon qu'il faut attendre que des analyses soient terminées pour éclaircir « l'affaire ». Il ne s'agit pas d'un piratage des téléphones portables (la première chose à laquelle nous avons pensé), c'est tout ce que nous savons !

Albane, 10 heures.

Domitille nous a donné des précisions : Aymy et Roseline sont accusées d'être impliquées dans une affaire de transfert illicite d'informations secrètes en lien avec l'International ! Les analyses l'ont confirmé et un autre interrogatoire est prévu avant midi. Domitille a demandé que nous puissions voir nos sœurs : l'autorisation doit être donnée après cette fameuse confrontation. Toutes ces élucubrations extravagantes ne nous rassurent pas ! Isabelle et moi sommes attendues au travail demain, nous avons changé nos réservations de TGV pour le dernier départ de ce soir. Nous espérons impatiemment retrouver nos deux sœurs !

Aymy

Lundi 15 heures : j'émerge d'une bonne sieste dans ma chambre des Glycines à Lyon ! Que cela fait du bien d'être de retour chez soi ! Ce matin a été une cavalcade mais cet après-midi, j'ai pu me dégager de toute obligation. Me voilà fraîche et dispose, prête à écrire la suite de nos inimaginables aventures... sur ce qui ne devait être qu'un beau carnet de voyage illustré des articles de presse et de photos de nos avant-premières. Dieu merci, tout est bien qui finit bien... malgré tant d'heures d'inquiétudes, d'attentes et de justifications !

Pour nous épauler, Roseline et moi, Franck Joulin et nos deux sœurs ont débarqué pour se faire entendre du fameux responsable de la police. Celui-ci, persuadé de ses « preuves », n'a laissé entrevoir aucun fléchissement de sa position ! Un mobile d'enrichissement par cette invraisemblable corruption paraissait complètement déplacé ; néanmoins l'enquêteur principal ne lâchait rien ! En revanche, ce fut ma mémoire qui a ébranlé l'édifice : grâce à elle, nous aurons pu sortir de cette « chienlit », si j'ose parodier le Général de Gaulle,... tout m'est apparu d'un coup clair comme de l'eau de roche !

Il s'est avéré que nos deux vestes (Roseline et moi) nous ont fait accuser ! Pourquoi les deux nôtres : parce qu'à nos âges, les malfaiteurs ont immanquablement pensé que nous n'en changions pas tous les jours ! Savamment dissimulées dans les doublures du col et du dos de nos vêtements se trouvaient de minuscules pièces électroniques étanches (résistante au lavage et au trempage dans le lac pour celle de Roseline !) par de fines ouvertures collées invisibles, mises en place soigneusement à Évian par le fameux et faux « Arthur » que j'avais pris pour un étudiant en philosophie ! Comme quoi, poser des questions fermées à partir de ses propres projections est une grave erreur : avec sa soi-disant conversion au christianisme et ses lunettes, je l'imaginais tel. À Lyon, ce « fan » inconditionnel, avait insisté en sortant (alors que je ne l'avais pas aperçu dans la salle) pour faire une photo avec Roseline et moi en nous tenant par le cou ! Je me souviens encore le voir s'imposer entre nous deux en faisant déplacer quelqu'un d'autre. Les spécialistes nous ont révélé qu'il avait ainsi, grâce à un signal électronique, modifié certaines données de nos éléments électroniques ambulants, tout récemment piratées depuis un complexe montage de complices américains... d'où les doutes des enquêteurs sur notre sincérité ! Notre innocence a été rapidement établie sans conteste par des « traces » du jeune géant sur les vidéos de surveillance des cinémas et d'autres preuves « électroniques », paraît-il irréfutables.

Nous nous sommes ainsi promenées, Roseline et moi, en toute innocence avec des données ultrasecrètes et confidentielles de la NRO sur le dos pendant plusieurs jours ! Quant aux dernières modifications relevées de la police, elles avaient eu lieu dans les coulisses de l'avant-première à Mâcon, sans doute par la « charmante jeune femme » tout en noir qui nous avait pris nos manteaux et donné un verre d'eau ! Là aussi, je m'en suis souvenue brusquement et le directeur du cinéma a confirmé que la brève panne d'électricité avait été un acte malveillant provenant d'une manutention dans les coulisses.

Chacune de nous a donné le signalement d'« Arthur » ; bizarrement il n'apparaît sur aucune photo de la presse. Sur celle de la salle prise à Évian où il se trouvait au premier rang et avait déplacé nos manteaux tout en nous posant des questions (qu'il devait trouver sur son téléphone au fur et à mesure !), il est soigneusement courbé en deux, impossible à identifier !

Voilà pourquoi, nous aurons, ici, dès dix-sept heures, une brigade spécialisée qui va inspecter chacun des vêtements portés par nos sœurs qui se sont trouvées aux avant-premières : Mérincourt ne sera pas épargné ! Les enquêteurs tiennent à s'assurer qu'aucune donnée n'a transité par les bien innocentes « sœurs de vies » ! Qui aurait eu l'idée de nous suspecter ? L'idée était royale ! Notre « fan » à lunettes avait mémorisé notre parcours dès Évian, et il réussissait parfaitement dans son rôle d'admirateur inconditionnel !

Mais pourquoi en France ? Et pourquoi dans ces villes ?… Évian, Mâcon, Lyon ? Sans trop vouloir nous en dire, la police spécialisée nous a expliqué que nous servions en quelque sorte de « relais » entre l'Ouest et l'Est... intéressé par les données retransmises par les satellites américains de reconnaissance et d'écoute !

Franck Joulin, tout à fait confus, n'en revenait pas de cette « utilisation » de ses « actrices » ! Évidemment, toutes les personnes au courant (chacune des sœurs et le producteur) ont dû signer une clause de confidentialité pour que rien ne filtre de cette affaire hautement sensible... dont aucun média ne doit s'emparer, sous aucun prétexte !! Nous sommes prévenues que cela aurait des conséquences graves. Franchement, aucune de nous n'a vraiment envie de briller dans les salons en relatant cette effrayante machination !

Tout à fait légitimement, ce me semble, Roseline et moi, avons programmé au plus vite - et c'est plutôt inhabituel - une sortie « shopping » pour changer de vestes ! Peu importe la dépense ! Même si nos vêtements nous ont été rendus sans aucune trace d'électronique (mais à moitié décousus), nous avons, comme qui dirait... envie d'en changer... ! Il nous apparaît que nous vivrons plus sereinement la suite de la diffusion du film, sans souvenir de cet affreux cauchemar !

L'une des avant-premières suivante est prévue à Bourges et... ô joie... ! Je retrouverai mon cher ami Frère Angély[8] pour trois jours pleins avec mon manteau tout neuf ! Nous avons programmé ce temps de rencontre avec

---

[8] Voir le roman : L'Inespéré est toujours certain

soin depuis plusieurs semaines. Je me réjouis d'avance de ces retrouvailles. Nous étions l'un et l'autre tellement frustrés de n'avoir disposé que d'une heure à Lyon alors que nous ne nous étions pas revus depuis le lycée. Et même si nous entretenons une bonne correspondance, ce temps à l'Abbaye de Serreveille va être une cure de jouvence et d'échanges de souvenirs !

Roseline frappe à ma porte… un catalogue en main :

— Ta nouvelle veste, tu l'as voudrais de quelle couleur ?

— D'une couleur de bonheur ! ☺

La suite de ce roman paraîtra sous le titre :

Soeurs de Vie

Pour le soutien apporté pendant l'écriture de ce livre, tous mes remerciements à Catherine C., Catherine G., Virginie, Jean-Guerric, Madeleine, Élisabeth et André.

Et un grand merci à vous, chère lectrice, cher lecteur, d'avoir lu ce roman. N'hésitez pas à en parler autour de vous si vous avez passé un bon moment de lecture !

Si vous souhaitez suivre mes publications, vous pouvez le faire sur la page *Facebook* Inès Delajoie, auteure.

Pour me contacter, il est possible de m'écrire à l'adresse courriel suivante :

ines.delajoie (arobase) gmail.com